往事一桩桩

——巫和平诗词集

巫和平 著

南方出版社

图书在版编目（CIP）数据

往事一桩桩：巫和平诗词集 / 巫和平著. -- 海口：
南方出版社，2023.11
　　ISBN 978-7-5501-8733-7

Ⅰ. ①往… Ⅱ. ①巫… Ⅲ. ①诗集—中国—当代
Ⅳ. ①I227

中国国家版本馆 CIP 数据核字 (2023) 第 220167 号

往事一桩桩：巫和平诗词集
WANGSHI YI ZHUANGZHUANG : WU HEPING SHICI JI

巫和平　著

责任编辑：	韩光军
出版发行：	南方出版社
邮政编码：	570208
社　　址：	海南省海口市和平大道 70 号
电　　话：	（0898）66160822
传　　真：	（0898）66160830
印　　刷：	三河市华东印刷有限公司
开　　本：	880mm×1230mm　1/32
印　　张：	7
字　　数：	152 千字
版　　次：	2023 年 11 月第 1 版
印　　次：	2024 年 1 月第 1 次印刷
书　　号：	ISBN 978-7-5501-8733-7
定　　价：	69.00 元

目录 CONTENTS

触景生情

- 002　意溪一别
- 003　窖藏千年
- 004　山恩水恩
- 005　悬崖红
- 006　庭院果香
- 007　怨梅
- 008　身影
- 010　姐姐出嫁了
- 012　停留
- 014　月下长亭
- 016　忘不了娘的身影
- 018　白发亲娘
- 020　春天里
- 023　歌儿唱给母亲
- 025　这一次回家
- 028　老花镜的故事
- 030　母亲生我那一天
- 032　有一种声音
- 034　旧单车之爱
- 037　邻里乡亲
- 039　我是你门前那条小溪
- 042　父亲印象
- 044　隔世悼文

046　枫杨

048　说娇媚

050　月下相约

052　换副模样

054　水中倒影

056　我从山中来

故园之恋

060　故乡早春记

063　故乡忆旧

065　采秋

067　儿时向往

069　三月故乡

071　往事一桩桩

073　回不去的故乡

075　春来喜事急

077　云水故乡

079　八月思故乡

081　故乡早集

083　图说故乡

085　幼学时光

088　母乳故乡

091　山歌故乡

093　走进故乡三月里

096　回故乡的感觉真好

099　故乡是什么

102　故乡的深度宽度广度

104　故乡的小雨

106　边山风光

108　多年没有回故乡

111　樟树潭记

114　每一次走进故乡怀抱

117　乡音乡情

聚散皆缘

120　初次相遇的地方

122　那一天

124　你在深秋绝尘而去

126　再也不要去湖边

128　曾经以为

130　秋葬

132　忘不了当年

135　在春天种下你的诺言

137　最后一次告别

139　一如从前

142　过眼云烟

145　谁去谁留

147　故事没有结尾

149　分手在即

151　不敢

153　爱的幻想

155　曾经

157　断肠而归

159　还恋当年匆匆一别

161　转角遇到的不是爱

163　古屋墙边

165　小河牵线

167　水石手迹

169　永远疤伤

172　把你的眼泪收拢

174　我和你

176　你是我的心跳

178　竹林里的拥抱

180　再也不要

182　我已经走远

184　错过之后剩下苦

187　爱过之后全是愁

190　这个时候你最美

192　将昨天放飞

194　一伞相思疯长

196　你走你的路

199　一场伏击

201　伤痕累累

203　原来你有了新欢喜

206　小木屋外扎着竹篱

208　为什么日子过得潦草

210　半梦半醒之间

212　嬗变

214　也许

触景生情

意溪一别
——寄老首长刘勋发将军（一）

意溪一别，
从此千里万里！
思念浓时，
一天月色如水，
三十春秋霜已老，
字字化不开，
历历往事急，
长相忆！
尤记当年岭南初遇，
一路汨汨流淌，
厚重何止滴水恩？
羡周仓，
鞍前马后何其幸。

窖藏千年
——寄老首长刘勋发将军（二）

三十春秋弹指间，
披月色，
踏梦酣，
照无眠。
层层思念浓稠，
窗叶关不住，
一任晚风穿针引线。
魁梧身影叠连，
音耳边，
爱重现，
织云帘，
正是发酵五更天，
一坛坛，
一罐罐，
点点滴滴密密填，
窖藏百年千年，
方解心头梦萦魂牵。

山恩水恩
——寄老首长刘勋发将军（三）

年少痴狂把崖登，

云海茫茫遇星灯。

彻夜思量山厚重，

无以为报饮水恩。

悬崖红

悬崖一枝红,
当野傲花丛。
凌空独自开,
奇香散氤氲。

庭院果香

庭院深深瓜果香,
丰年留客几竹筐。
闹市一隅存静谧,
田园夜话瓦下藏。

怨梅

昨夜飞雪天外来，
北风破篱乱灶台。
数枝怨梅墙头绽，
春日未到悔早开。

身影

每当大地熹微,
有一个身影最早起;
每当月色沉醉,
有一个身影迟迟归;
每当大地春回,
有一个身影燕衔泥;
每当秋收累累,
有一个身影扛欢喜;
每当儿行千里,
有一个身影灶前泣;
每当游子归期,
有一个身影村口倚。

这身影让我夜来梦呓,
教给我成功要靠自己,
无论我走到哪里,
总也走不出娘叮咛的四季。

这身影让我无限珍惜,

提醒我时刻关心自己,
无论我身在何方,
总也听得到娘唠叨的焦急。

这身影让我心生痴迷,
也给我烙下永恒记忆,
无论我走到哪里,
总也走不出娘绵长的牵系。

这身影让我满怀敬意,
影响我人生点点滴滴,
无论我身在何方,
总也看得见娘深蓝的惦记。

姐姐出嫁了

红日未出坳，
鸟儿醒来早，
爹奔走，娘相告，
小村开始传热闹，
对着镜子梳胭腮，
一脸羞赧还娇。
歌声琴声先下楼，
尽是姐姐喜欢的龙船调，
唢呐不知累，
锣鼓不停敲，
还有那噼里啪啦的冲天花炮，
邻里乡亲眉开眼笑，
屋外野童探头探脑，
窗花堪比野花俏！
姐姐出嫁了，
我的心事谁知道？
从此后，
没有人再替我挡住爹娘的咄咄藤条。

晨雾未点卯,
露珠正缠绕,
河水欢,浪花妖,
桥头杨柳使劲瞧,
未语先羞出闺阁,
姗姗来迟花轿。
小姨小姑披盖头,
全是怦怦颤颤的心儿跳,
山路弯陡峭,
歇轿土地庙,
调皮的小叔伸手就把红包要,
末了还学声鹧鸪叫,
逗得姐姐差点弯腰,
过山风拍手称妙!
姐姐出嫁了,
我的心事谁知道?
从此后,
没有人再替我分担爹娘的早晚唠叨。

停留

白雾在这里停留，
是因为与东江百世同修；
白鹤在这里停留，
是因为与苏耽千年故旧；
白云在这里停留，
是因为与莽山万世牵手。
摘一片苏仙岭枫叶，
手心全是湘南热土；
采一缕沙洲村月色，
枕上全是红色挂图；
勾一笔高椅岭丹霞，
画中全是得道仙徒。
与义帝英布同卷史轴，
如今对接着粤港澳潮涌；
与三国子龙同展雄风，
如今蝶变成五岭彩凤凰；
与三大纪律同城绽放，
如今羽化为湖湘新蛟龙。

问询南来北往的客人,
胜日寻幽不妨在这里停留。
湘南圣地带你穿越时空,
情不自禁之时,
你一定会赞叹山和水如此厚重!
一个郴字让你怦然心动,
流连忘返之后,
你一定会惊喜大自然山清水秀!

飞禽在这里停留,
走兽在这里停留,
春天在这里停留,
缘分在这里停留,
太阳月亮在这里停留,
无论你什么时候来郴州,
徐霞客没有来得及落款的千古秘密,
等你一声惊讶在旅途。

月下长亭

月下长亭,
孤独寂静,
被月光拉长身影后,
瘦骨嶙峋,
千年心事与谁说?
且听晚风低吟。
见惯了阿哥阿妹,
难舍难分拥抱天明;
见证了痴男怨女,
劳燕分飞泪水涟涟。

月下长亭,
嗟叹至今,
被月光偷窥隐私后,
心慌不停,
千年愁绪与谁寄?
且听流水弦音。
见惯了兄弟姐妹,
月夜相送泪湿衣襟;

见证了文人志士,
斗酒挥毫石破天惊。

月下长亭,
在穿越中独自抚琴,
旋律如诉如泣,
淡淡忧伤唱不尽,
杜丽娘不忍问询。
月下长亭,
在守望中执着聆听,
故事感天更动地,
无数爱恨悲咽,
玉茗堂肃然起敬。
问一问月下长亭,
伤痕累累,
谁能为我找回初恋深情?
问一问枝头夜莺,
飘零在外,
谁能为我拾回当年自信?

往事一桩桩

忘不了娘的身影

忘不了娘的身影,
田野忙插秧。
蓑衣斗笠,
存满了娘的辛勤娘的倔强。
长大后我才明白,
为什么,
为什么娘娟秀的脸上,
过早地失去容光。

忘不了娘的身影,
山林赶太阳。
扁担箩筐,
刻满了娘的艰难娘的力量。
长大后我才明白,
为什么,
为什么娘柔软的肩上,
过早地落下疤伤。

忘不了娘的身影,

河边洗衣裳。
木槌搓板，
写满了娘的坚忍娘的沧桑。
长大后我才明白，
为什么，
为什么娘纤细的手上，
过早地生了冻疮。

捧一束鲜花对天绽放，
将感激的清香献给娘，
无论何时何地，
我要永远记住，
记住娘一生的奔忙。
写一首歌词面山而唱，
将深情的旋律献给娘，
无论春夏秋冬，
我要永远怀念，
怀念娘宽广的胸膛。

白发亲娘

多少次你在山头眺望,
一直到老庙敲响暮钟,
一直到天边风起云涌,
你才一步三回头,
踏着失望凄凉,
踩着失落渺茫,
固执地掰着指头,
自言自语地问着为什么。
任倦鸟低飞斜阳,
任晚风剪裁踉跄,
你依然坚信,
坚信由远而近熟悉的脚步声响,
总有一天会给你带来,
带来心花怒放,
带来欣喜若狂。

沟壑无地自容,
是因为比不上你皱纹的深邃沧桑。
古樟自愧弗如,

是因为比不上你拐杖的老态龙钟。
岁月从来不会手软心慈,
将你一头原本乌黑的长发,
过早地盘成天上白云,
还约来白露初霜,
一同雕刻着你的佝偻画像。

今又重阳,
早起心慌慌,
想起离别多年的血肉故乡,
和故乡那望眼欲穿的白发亲娘,
我心早惆怅。

匆匆背起简单行囊,
我要快些儿回故乡,
去亲亲村口久候的那份慈祥,
去拥抱风中伫立的白发亲娘。

春天里

春天的阳光和煦明媚,
普照复苏大地,
让人目眩神迷。
春天的花香无与伦比,
扮靓阿哥阿妹,
相遇就谈婚期。
春天的雾霭扑朔迷离,
深锁相依相偎,
情话永远成谜。
春天的小雨淅淅沥沥,
润物无声细腻,
只等一声惊雷。
春天的田野蝶舞蜂飞,
让人如痴如醉,
碎步误入古戏。
春天的河水一泻千里,
处处悬空撞击,
浪花开出心悸。
春天的燕子衔来新泥,

爱巢悄然垒起,
双栖甜甜蜜蜜。
春天的桃林男女亲昵,
拥抱浓浓情意,
聚散依然神秘。

春天是一个心灵手巧的裁缝,
为你做出新款嫁衣,
如果再添上一截水袖,
绘上岁月静好,
你一定会惊叹不已。

春天是一个意境幽远的画师,
给你勾勒山水秀美,
如果再点上一笔缘分,
多出鸳鸯戏水,
你一定会快意淋漓。

春天是一场多姿多彩的舞会,
陪你跳出时代芭蕾,
如果再加上一段梁祝,
删去化蝶结尾,
你一定会满脸惊喜。

春天是一把古色古香的琵琶,

对你弹出美妙旋律,

如果再错上一曲柳堤,

重来南山悠然,

你一定会采菊东篱。

歌儿唱给母亲

善良的母亲,
有支歌儿想唱给您,
是情不自禁,
也是游子低吟,
是内心告白,
也是迟来泪涔。
尽管您早年已经闲云野鹤,
在天边独享安宁,
尽管您已经可能不再清贫,
在天穹如意尽情,
但我还是忍不住,
忍不住想打扰您的平静。

曾经,曾经您在村口,
常常望穿我的身影。
曾经,曾经您在桥头,
声声呼唤我的乳名。
曾经,曾经您在午夜,
轻轻为我披紧温馨。

曾经，曾经您在雨中，
细细对我反复叮咛。
曾经，曾经因为您的真心爱心，
挽留着一个个残疾的乞讨老人，
医治着一个个受伤心灵，
感激的眼神从此不再举目无亲。
曾经，曾经因为您的苦口婆心，
化解了我的冥顽不灵，
让我在噩梦中猛然惊醒，
满帆的船儿从此江湖破浪远行。

母亲，我善良的母亲，
是您教给我爱要无声，
像那微风细雨，
滋润着万物苏醒，
一生淡淡平平。

母亲，我善良的母亲，
是您传给我情要淳朴，
像那长河奔流，
包容着百川千溪，
一路高歌猛进。

这一次回家

这一次回家,
一千个令我想不到,
与往常不一样的是,
我的眼眸模糊极了,
低头抬头之间,
发现爹娘已经衰老!
好远就看见,
看见他们小了步幅,
多了反复唠叨,
添了不少白发,
有了皱纹条条,
唯一没有改变的,
就是我最爱吃的门前那树山枣,
他们老早就采摘好,
生怕我离开的时候,
来不及试一试瞧一瞧,
更担心自己记性糟糕。

这一次回家,

往事一桩桩

一千个令我想不到，
与往常不一样的是，
我的心情沉重极了，
门口连叫三声，
走近方才依稀听到！
好远就看见，
看见他们掉了门牙，
慢了速度节奏，
驼了背影微笑，
弯了岁月静好，
唯一没有改变的，
就是我最爱吃的那儿时甜糕糕，
味道依然那么美妙，
还有半夜悄悄起床，
吵醒的柴火烟囱锅灶，
和那睡眼惺忪的铲勺。

想想当年一时冲动，
荒芜了青春年少，
想想当年信誓旦旦，
依然在风中飘飘，
止不住泪流满面茫茫渺渺，
趁着幡然醒悟尚早，
趁着今夜月色皎好，
我要赶紧给爹娘捶捶背揉揉腰，

尽一尽自己迟到的孝道，
还一还自己亏欠的回报。

往事一桩桩

老花镜的故事

娘的老花镜上,
有两条连体的纤细绳子,
一边牵着娘的日夜忧思,
一边连着我的匆匆脚步。

娘的老花镜上,
有两处缠绕的黑色胶布,
一处缠着娘的操劳疾苦,
一处绕着我的串串回忆。

娘的老花镜上,
还藏着厚重宽阔故事,
故事有些年轮,
落满岁月灰尘,
那是娘一针一线,
密密麻麻的缝缝补补。

每一次儿行千里,
娘的老花镜上,

就镀上一圈,
一圈揪心隐痛,
和望断天涯的寡孤。

每一次久别重逢,
娘的老花镜上,
就嵌上一层,
一层开心泪花,
和长久拥抱的圆弧。

娘从来不告诉我,
有关老花镜的秘密,
是担心我思念故乡,
夜半醒来号哭,
是担心我思念亲人,
黎明醒来酸楚。

母亲生我那一天

母亲生我那一天,
北风呼呼,
雪花片片,
父亲挑筐去了山里烧炭,
只有家中那条大黄狗,
扯着左邻右舍裤管脚尖,
泪水涟涟,
原来,
原来母亲不顾一切危险,
咬紧牙关,
要谛听我的哭声绵绵。
从此以后,
母亲成了我一生的亏欠。

母亲生我那一天,
破屋岌岌,
断了炊烟,
祖父抱病去了河滩网鱼,
只有院中那株老苦楝,

披着早春二月先兆前言,
楚楚可怜。
原来,
原来母亲只有一个信念,
忍住痛苦,
要等待我的惊喜呈献。
从此以后,
母亲成了我一生的依恋。

是谁在漫漫长夜中,
常常深情地望着我的睡眠?
幸福滴滴点点,
替我遮风挡雨,
替我穿针引线,
又看着我远走高飞,
翱翔天边。

是谁在瑟瑟秋风中,
常常痴痴地望穿她的双眼?
牵挂岁岁年年,
为我念佛吃斋,
为我祈祷抽签,
又心疼我旅途劳顿,
无语哽咽。

有一种声音

有一种声音,
特别动听,
那是娘的声声呼唤,
和出门时的反复叮咛。
因为儿行色匆匆,
又要关山重重千里万里,
因为儿孤单一人,
又要他乡奔波把梦追寻,
一步一个脚印,
深深地扯着娘的心,
一站一个身影,
远远地连着娘的情。

那声音亲切温暖,
兴奋人的神经,
点化从容和宁静,
指引方向和光明。
在你失意的时候,
给你无限安慰;

| 触景生情 |

在你得意的时候,
给你及时警醒。

那声音体贴入微,
震撼人的心灵,
传送智慧和聪颖,
捎寄思念和温馨。
在你失败的时候,
给你源源动力;
在你成功的时候,
给你留下清醒。

往事一桩桩

旧单车之爱

那辆旧单车,
记得是凤凰牌,
时光已经过去四十多年,
但关于它的记忆犹在。

也许它的躯体,
早就粉身碎骨,
涅槃重生,
变成一个小乖乖,
在某个地方投胎。

也许它的脚腿,
早就骨肉肢解,
独饮风霜,
变成一个小冢堆,
在泥土之中深埋。

旧单车来之不易,
是父亲当年,

用一年匆匆脚步,

挑着一百担沉甸甸杂木柴,

到几十里外小镇上变卖,

给我换回来的幸福数载。

从此我的上学路上,

有了丁零零的人间挚爱,

从此我的春夏秋冬,

有了风驰电掣的少年欢快。

父亲的舐犊之爱,

在你不经意的时候,

一花独开,

干脆利索,

说来就来,

没有更多的细枝末节,

没有更多的修饰气派,

够你一生苦猜,

让你一生无语比对。

父亲的扛山之爱,

在你没想到的时候,

一枝独秀,

默默无闻,

排山倒海,

没有更多的犹犹豫豫,

没有更多的落款修改，

够你一生剪裁，

让你一生泪眼萦怀。

邻里乡亲

邻里乡亲,
一个个那么淳朴,
一个个那么殷勤。
邻里乡亲,
一个个那么善良,
一个个那么可敬。

地道的乡音,
绵绵的温馨,
看着我从小慢慢长大,
望着我早晚出出进进。

邻里乡亲,
朴实无华的背影,
当年送我参军去当兵,
往我口袋里塞的一块块,
何止是零零星星,
拼起来是愿景,
凑起来是真心,

沉甸甸慢涢涢。
弯弯河边挥挥手，
山路尽头来送行，
锣鼓敲得够来劲，
鞭炮放得忒欢欣，
渐渐地，
渐渐地，
泪水模糊了我的眼睛。

邻里乡亲，
质朴纯洁的感情，
当年沉重农活我硬挺，
你们搭把手后顿时减轻，
何止是温暖清新，
说起来是感动，
道出来是沉浸，
真憨厚还率性。
爹娘举鞭打我时，
你们呵护问原因，
闲来无事串串门，
把那碗筷洗干净，
整两口，
整两口，
一声声小名挽留不停。

我是你门前那条小溪

我是你门前那条小溪,
老态龙钟记不清年岁,
为你心甘情愿,
为你死心塌地,
等候那一次次浣洗,
哪怕是孤单寂寞相伴,
哪怕是暴风骤雨来袭,
永远无怨无悔,
永远头也不回。

每当黑夜来临,
我常常自我安慰,
相信总会有拂晓黎明,
你一定会给我带来惊喜。

每当雨季来临,
我常常听天由命,
相信总会有雨过天晴,
你一定会与我紧紧依偎。

春天你朝我走来的时候,
一脸阳光明媚,
摘几朵山花别在发梢,
招来蝶舞蜂飞,
围着你含情脉脉,
围着你娇娇滴滴。

夏天你朝我走来的时候,
一身清香四溢,
采几波蝉声攥在掌心,
鸣开山林静谧,
瞧着你深情款款,
瞧着你目眩神迷。

秋天你朝我走来的时候,
一路野果累累,
剪一段光阴封在胸口,
酿出千年一醉,
拉着你沉浮往事,
拉着你衷肠诉起。

冬天你朝我走来的时候,
一天北风遽急,
握一手雪花捂在怀中,

许下来年佳期,
缠着你轻言细语,
缠着你絮絮娓娓。

父亲印象

每天吻昕时分，
你就悄悄起床，
牛鞭在田野上甩响，
身影在山路上奔忙。
为了一家人摆脱辘辘饥肠，
你毅然决然风雨无阻，
一头挑起沉默寡言，
一头挑起忍耐坚强，
不管春夏秋冬寒来暑往，
生活在你早起节奏中慢慢甜香。

每天掌灯时分，
你总迟迟打烊，
回家路上手提肩扛，
一身上下满满当当。
为了一家人早日幸福安康，
你义无反顾含辛茹苦，
一头挑起命运不公，
一头挑起雨雪风霜，

无论山有多高路有多长,
生活在你晚归脚步中熠熠发光。

父亲,是你的勤劳善良,
换来家人安然无恙。
父亲,是你的饱经风霜,
给我指明人生方向。
你的责任担当,
给了我无穷力量,
你的迎难而上,
给了我楷模榜样,
让我一生好好珍藏,
让我一生时时效仿。

隔世悼文

夜已深,
帘未盹,
轻开扉门,
蹀躞而听,
氅舞晚风阵阵,
邻屋幽梦茂盛,
绣衾落地微滚。

多少流年东逝,
空养白鬓两寸,
忍看一事无成,
夙愿未变真,
思前想后心意沉,
谁慰三更惊魂?
跋山涉水负重,
伤痛早满身,
半生萍踪浪迹,
风雨飘零无人问,
将辱忍。

可怜衣单履薄影瘦，
瑟瑟蜷缩之时，
当寒把手伸，
囊中羞涩寒碜，
几行清泪还生分，
空怀一腔凌霄志，
困孤枕，
咽愁云，
点一盏青灯相伴，
趁着今夜阒静无声，
疾书往事风尘，
留几滴粗墨混沌，
不枉俗世一程。

试问后来人，
有朝一日化荒坟，
是否偶尔拾得？
午时日晷正，
东厢墙角，
隔世青苔悼文。

枫杨

每年秋天摇着黄旗呐喊,
只为巧布迷阵旧貌新颜。
每年冬天削发为僧修行,
只为退而结网养精蓄锐。
瘦骨嶙峋也好,
枯枝败叶也罢,
反复在沉默中传递热烈,
反复在肃穆中画眉深浅。

等秋风识破明修栈道,
等北风看穿暗度陈仓,
一切都已经来不及了,
冬去春来一梦间,
转眼就是阳春三月时节,
你才将一身粗服乱头解密,
或一排排矗立在河堤上,
或一行行列阵在大道边,
一律穿着细针密缕绿色衣裙,
一身结满风铃一般乍长细瓣,

在春风中舞出风情万种,
在春雨中跳出仪态万方,
舞姿是那样轻盈婀娜,
气质是那样从容淡雅。

尽管上天给你关闭了鲜花掌声,
却不忘给你打开一身朴实无华,
替换万紫千红独出机杼,
让你在人们不经意中,
自成一幅线条优美翡翠色图画,
自布一道默默无闻简洁型风景,
与岁月一起皓首苍颜,
与春天一起欣欣向荣。

说娇媚
——寄留学东京的女儿樱子

每一次付出,
都是希望的旋律;
每一滴汗水,
都是成长的积累;
每一天日出,
都是生命的光彩;
每一步旅程,
都是目标的临近。
你用勇敢编织日月,
你用坚韧旋转天地,
你用独立包装四季,
你用恒心化茧成蝶。

女儿娇,娇在远渡重洋,
任波澜翻滚誓与天地媲美。
女儿媚,媚在花开有期,
任风吹雨打一身都无所谓。

| 触景生情 |

当清晨第一缕雾霭散去的时候,
我一眼就看到喷薄而出的你;
当雨后第一声鸟鸣啼山的时候,
我一笔就画出远渡重洋的你。

我盼望着,盼望着从天而降的你;
我静待着,静待着含苞怒放的你。
飞翔吧,用你的柔韧搏风斗浪;
飞翔吧,用你的执着鹰击长空。

月下相约

朗月高照,
轻烟笼罩,
小河环村拥抱,
夜鸟不再喧嚣,
远山近山静悄悄,
独有三声猫叫,
谁家阿妹心儿跳?
最是女儿娇。

不要淡妆浓抹,
不再与娘闲聊,
不要画眉深浅,
不再与爹唠叨。
出侧门,
推柴扉,
轻踮脚尖,
快步小道,
星光追不上,
羊毫疾疾描,

月色喘粗气,
直言似风飘。
蛐儿莫嘈嘈,
狗儿莫乱叫,
窃窃溪水你听好,
十天半月未曾见,
只因阿哥去农校,
如今取得真经回,
携手致富展妖娆。

阿哥阿妹等不及,
约好月上溪边柳梢。
桥头诉衷肠,
只有静夜全知晓。

少男少女知心话,
追逐的溪花你莫要笑,
不许你添嚷吵,
也不要到处传谣。
或许春暖花枝俏,
或许秋来稻菽翘,
唢呐吹出白头偕老,
还有那伴奏的丰收调。

换副模样

夜来心情沉重,
悄悄披衣起床,
推开那扇木窗,
放进你的匆忙,
曾经多少伤痛,
因为你头也不回,
疯长在屋前池塘。

牵着往事的衣裳,
在月色倒影中徜徉,
趁着今夜微风轻扬,
找一隅梦里水乡,
放牧原始冲动,
围着篝火尽情放纵,
再跳一支《霓裳羽衣曲》,
直到雾慢慢上,
直到潮漫漫涨,
直到天微微亮。

断开彷徨,
换副模样,
在胸前别一朵山花,
在臂上绕一圈黑纱,
将你破碎的木梳,
连同那褪去温柔的镜框,
一同深埋在你我往日,
多少次简单相拥的柳树旁。

水中倒影

不知道从何时起,
你爱坐在荷塘边青石板上,
一天好几回,
望着天边风云际会,
跌落澄澈水底,
依然那么灵动神奇。

水草探头探脑,
相互挤眉弄眼,
细声议论着,
你一头如瀑长发,
如此清秀飘逸。

一群性情中小鱼,
总是在第一时间游来,
惊讶你水中倒影静谧,
和倒影散发的原始美丽,
围着你如痴似醉,
围着你温婉细腻。

一只翠鸟呼啸着掠过水面，
一个猛子扎出迅雷，
在一池莲荷惊愕的同时，
我眼中也洒落一滴同情之泪，
只因有条鲤鱼为你殉情，
慷慨悲壮，
无怨无悔，
心甘情愿，
沉沙折戟。

就在刹那间，
我情不自禁，
拾起一块等待了千年的鹅卵石，
瞧准这千载难逢的时机，
轻轻地扔向你的水中倒影，
让静静水面一层层晃动着爱的涟漪，
让静静水面一圈圈荡开着心的归依。

我从山中来

路千万条,
我不知道哪一条,
与你一遇最爱,
一生一世永不分开。

花千万朵,
我不知道哪一朵,
你专等我摘采,
春夏秋冬永不衰败。

我从山中来,
一路上七弯八拐,
历尽磨难初衷不改,
只为你我萍水相逢,
相逢在春江水暖的依山村寨。

我从山中来,
一路上颠簸摇摆,
有惊无险情暖胸怀,

只为你我尘寰牵手,
牵手在柳暗花明的傍水巉岩。

你总是在竹林边向我招手,
一条手绢抖开山花七彩,
等我追到竹林边,
你的踪影又转身不见,
只留下嫣然一笑,
挑在竹林上让我猜,
你我之间从此有了后来。
后来我发现,
发现夜雨总是缠着你的轩窗徘徊。
后来我发现,
发现鸟群总是围着你家竹楼结对。

终于有一天,
有一天我恍然大悟,
有一天我蓦然回首,
原来你的柔情,
早就停泊在河湾的那扇竹排,
原来你的眼神,
早就牵挂着山口那个男孩。

故园之恋

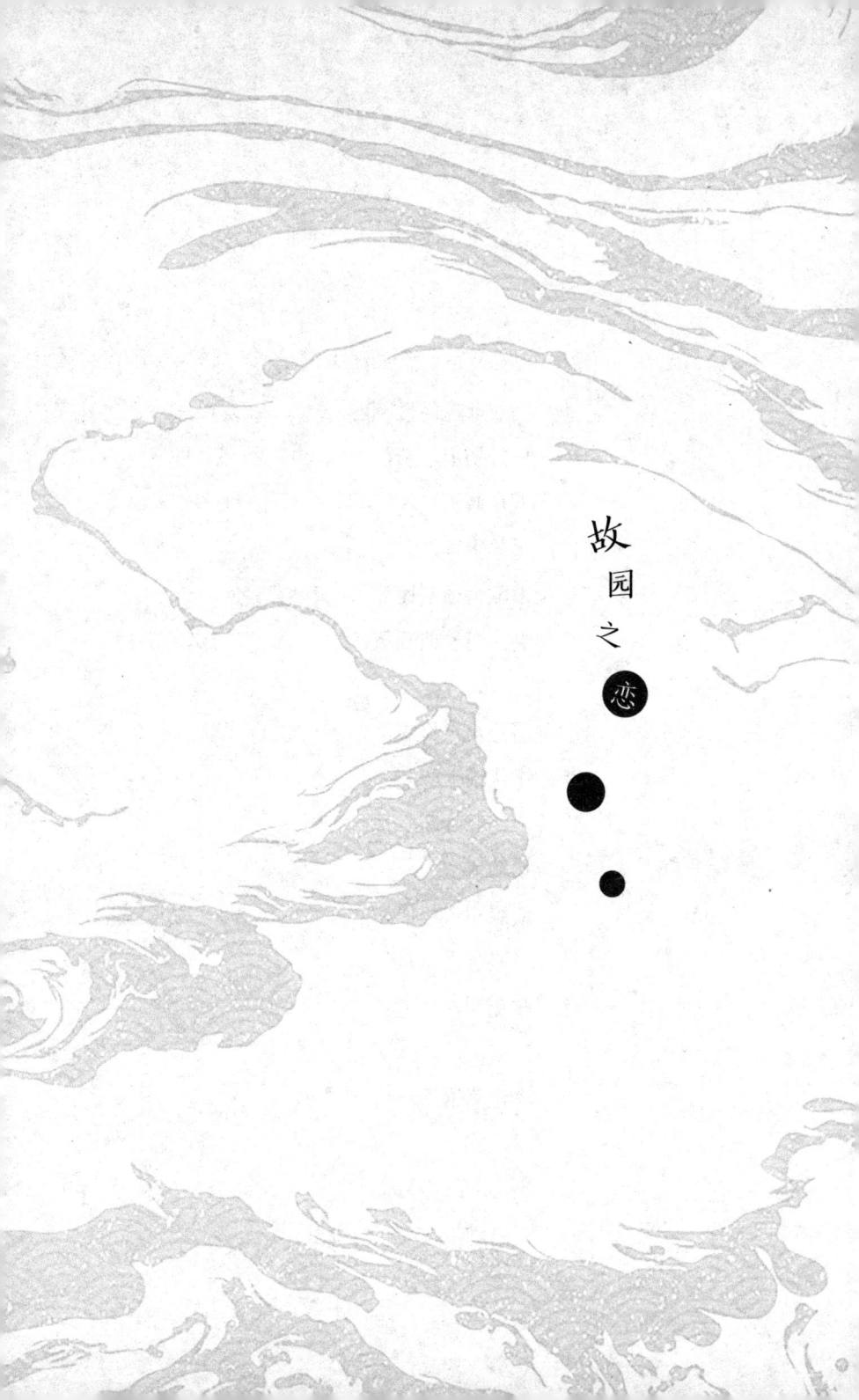

往事一桩桩

故乡早春记

蓑衣斗笠阁楼刚醒,
田野初上清新,
人声鼎沸,
牛羊闹草地,
山歌童谣双比翼,
春燕衔着曲儿飞。

河边声声捣衣,
小伙踏上醉。
浪花低吟,
杨柳依依,
双蝶相依相偎,
一路苦寻觅,
叹花期,
笑蓓蕾,
含苞莫错季。

小雨刚歇停,
门前脚步疾,

炊烟当空舞芭蕾。
风儿顽皮,
追着小芳长发戏,
缠着荷塘编涟漪。

嫩芽弹琵琶,
小草释灯谜,
布谷枝头啼,
大雁正南归,
群蛙斗铧犁,
纸鸢飘童趣,
几回回梦里依稀。

牧童短笛,
忽高忽低,
悠闲步履,
酣畅淋漓,
横吹春光明媚。

桥头偶遇昨日心仪,
未曾开口心头急,
慌乱早及膝,
匆匆把手挥,
垂头又丧气,
远去二三里,

庙前等魂回，

添懊悔，

徒伤悲，

空别离，

也许春急水涨，

也许花收桃李，

聚散皆天意，

心灵犀。

故乡忆旧

常在那座桥头望娘回,
常在那片田野放鸢飞,
常在那道河湾摸鱼虾,
常在那株柳下看燕疾。

山路上,雾依依,
溪涧边,鸟清啼,
背上竹篓采春秋,
踏着山歌醉。
看娘摘野果,
山花笑容最着迷。
有云的地方天就低,
有娘的地方就有弯弯山溪。

小河边,浪花碎,
拱桥下,微风起,
撑开竹排晃日月,
扎着猛子急。
看娘挥棒槌,

波形身影最美丽。
有水的地方天倒立,
有娘的地方就有圈圈涟漪。

儿时的时光难忘记,
儿时的快乐水漂儿里,
儿时的故事结满淘气,
儿时的顽皮全是年味。

趁着青春未老,
踏着新农村旋律,
快快把乡归,
摸一摸娘的衰老脸额,
闻一闻故乡的田野气息,
不要像我,
行囊沉重泪眼迷离,
一声声惆怅满肚后悔。
几番番决意,
又几番番放弃,
还是不要去打破平静,
还是不要去触摸回忆,
让山的毓秀透迤儿时点滴,
让水的欢快谱写岁月沉积,
让娘的笑容静静地刻满墓碑,
让故乡的脚步永远日新月异。

采秋

红日出山坳,
老林不再静悄悄,
鸟儿啼,溪流妖,
露珠儿挤眉弄眼笑。
女人背竹篓,
男人拿砍刀,
黄狗黑狗前前后后跑。
茶子桐子野柿子,
任你选来任你挑,
山山秋实枝头耀,
看得眼儿饱,
采得手儿抖,
累了溪边倒,
掬一口山泉水,
开心的歌儿满山飘。

晨雾缠山庙,
深山早已热闹闹,
风儿轻,山花俏,

野蒺藜伸长脖子瞧。

男人迈阔步,

女人比窈窕,

小路小径云里雾里摇。

山梨板栗猕猴桃,

任你钩来任你瞄,

树树丰硕枝头娇,

馋得舌尖翘,

爬得心儿跳,

倦了树下靠,

擦一把幸福汗,

古老的故事挂枝杪。

儿时向往

儿时向往在山巅,
常常登上山巅看远天,
痴望雄鹰展翅眉尖,
心生感慨万千!
吞几口清新山风,
再采几朵白云别胸前,
何时,何时我也和雄鹰一样,
在尽情翱翔中放飞誓言?

儿时向往在梯田,
常常奔走梯田稻菽间,
惯看丰收浪涌枕边,
心生思绪万千!
抹一把辛勤汗水,
再摘一篮山花寄爱恋,
何时,何时我也和彩蝶一样,
在双栖双飞中缠缠绵绵?

儿时向往在河边,

往事一桩桩

常常坐在河边数潋滟，
静待橹声穿透轻烟，
心生渺茫万千！
掬几把故乡河水，
再折一只纸船对愁眠，
何时，何时我也和四叔一样，
在一身戎装中岁岁年年？

三月故乡

三月故乡,
山花烂漫,
溪水井水不放茶叶也飘香。
采青身影,
十里连云上。
蜂飞蝶舞,
溪流满河床,
牧童短笛,
吹出一群群尥蹄撒欢牛羊。
爹娘唤儿归,
声声万里长。
片片田野,
犁响耙忙。
喝一口山泉水,
无比清爽,
故乡从此挂肚牵肠,
思念从此缀满衣裳。

当年我提起行囊,

往事一桩桩

匆匆背井离乡，
纵然脚步不忍割舍，
纵然心中无限忧伤，
为了故乡更加美丽，
为了田园更加风光，
几多回欲言又止，
我还是忍痛挥泪，
怀揣梦想去了远方。

也许多年以后，
转头时已一身疲惫，
两手空空，
半生憾恨半生迷惘，
再也找不到，
黑白照片发黄的模样，
再也回不去，
袅袅炊烟缠绕的村庄。

往事一桩桩

往事一桩桩，
洗濯昨日匆忙，
小径弯弯曲曲，
一肩挑起儿时风霜，
累了倦了放下担，
汗与泪流在同一张脸上。

往事一桩桩，
横亘田野垄上，
小溪欢欢快快，
一路奏出大海向往，
跌跌撞撞无怨悔，
险与恶同一页曲韵弹唱。

往事一桩桩，
穿透岁月胸膛，
小雨淅淅沥沥，
一伞撑开初恋惊慌，
语无伦次对她说，

往事一桩桩

我与你同路往一个方向。

往事是父亲的模样,
充满激情充满幻想,
给我勇气给我力量,
永远烙印在我心中,
让我一世铭记他的光芒。

往事是母亲的慈祥,
充满神秘充满希望,
给我智慧给我想象,
永远折叠在我行囊,
让我一生怀念她的宽广。

回不去的故乡

十七岁那年,
我穿上军装,
匆匆忙忙离开故乡,
一路上落落寞寞,
一路上山高水长,
眼泪扑扑簌簌,
朦胧了少年时光。

一个人孤单在外独闯,
说不清的无限酸胀,
道不尽的无限惆怅。
每当遇到艰难险阻,
每当想起前程渺茫,
夜来人静时倍加思念,
思念我那白发爹娘。
望不断的黄沙,
留不住的过往,
吃不完的苦楚,
饮不尽的风霜。

蹉跎岁月,
我早已一身疲惫,
虚度年华,
我早已两鬓沧桑!

汽笛一声呜呜响,
我提起沉重行囊,
回到久别的故乡,
却发现自己无语早断肠,
再也找不到河边洗衣的小芳,
再也看不见爹娘村口的张望!
故乡啊故乡,
你是我脚底下永远的疼痛,
你是我生命中永远的忧伤。

春来喜事急

水长山高林密,
径弯草绿庐稀,
田畴蓑衣斗笠,
雨斜双燕暮归,
脚步由远而近,
杂乱一路泥泞。

炊烟刚起,
敲门声急,
惊了灶火,
慌了妯娌,
乐了憨夫,
苦了贫妻。
村外传来消息,
姑爷一声汽笛,
仓促也得准备,
迎迓久别准婿。

楼上闺女,

早已沉醉,
难掩羞涩,
难掩惊喜,
放下针黹,
取出嫁衣,
狗儿摇尾,
猫儿笑眯,
水车懊悔,
风车偷窥,
都在推算婚期,
渴望早沾喜气。
只有垂髫小弟,
一脸童真稚嫩,
摆出武当马步,
双拳攥紧一挥,
谁要带走阿姐,
咱就跟谁比试。

云水故乡

故乡山高林密，
一条水路牵手万千小溪，
无惧艰险奔流不息，
翻卷着汹涌湍急，
在重重沟壑间来来回回。
看漩涡吞噬日月，
数渔火闪烁四季，
怀揣远古狼烟烽火，
开出浪花百里千里。

故乡雨细云低，
一条山路暗送秋波蜜意，
弯弯曲曲从不皱眉，
跳跃着蜿蜒逶迤，
在层层山峦间伏伏起起。
看顽石对白寂寥，
数挑夫串串足迹，
腰缠前世恩怨是非，
抖出男女火热亲昵。

云水故乡是一幅千年油画,
线条笔墨无限含蓄细腻,
述说着山山水水,
迷人的诗情画意。
云水故乡是一名多姿少女,
骨骼脸庞无限澄澈清奇,
展现着里里外外,
美丽的点点滴滴。

八月思故乡

八月里来桂花香,
独坐树下心惆怅,
万家团圆月色明亮,
我一声叹息向天穹,
直上广寒宫。

想当初信誓旦旦,
要出人头地衣锦还乡,
别后多年空奔忙,
依然是一贫如洗两手空空,
老了爹娘,
旧了壶觞,
想来怎不令人凄凉!

八月里来桂花香,
独坐树下生迷惘,
万家灯火笑声爽朗,
我一滴清泪落地上,
湿了明月光。

想当初意气风发,
要不负韶华鲜花怒放,
别后多年白闯荡,
依然是一无所有两眼茫茫,
丢了梦想,
起了惊慌,
想来怎不叫人心伤!

倒满烈酒,
斟满愁肠,
举杯邀明月,
只想一醉到天亮,
渴望醒来之后,
长出一双翅膀,
从此阔别朝思暮想,
从此不怕山高水长。

故乡早集

一年二十四节气,
故乡二十四早集,
无论寒冬酷暑,
无论风急雨急,
故乡早集都会不约如期。

扁担箩筐,
趁着雄鸡早啼,
悉数挑来南北东西,
男女老少脚步疾疾,
要赶水路十里八里,
阿哥阿妹激动不已,
要走山路悄悄相随,
让闹声挤满河湾,
遍缠柳絮,
让笑声划破黎明,
注满牵系。

欸乃一声惊喜,

竹排小船似箭飞,
呼哨一声性起,
山歌小调不停息。

故乡早集,
赶出山里人一道绚丽风景,
故乡早集,
赶出山里人一路绵绵情意。

图说故乡

版图上的故乡,
是一个不起眼的小圆点,
连着我的衣袂,
照着我的前方,
无论我走到哪里,
总有说不完的挂肚牵肠。

泪眼中的故乡,
是一把看不见的连心锁,
连着我的追求,
锁着我的忧伤,
无论我走到哪里,
总有解不开的绵绵惆怅。

静夜里的故乡,
是一壶掺了蜜的陈年酒,
飘了一天浩瀚,
醉了一地月光,
无论我走到哪里,

总有看不见的山高水长。

故乡是图画中的屋顶炊烟,
袅袅娜娜随风飘扬,
让我充满无限想象。
故乡是图画中的林间小溪,
坎坎坷坷快乐奔放,
让我踮起脚尖张望。
故乡是图画中的三月小雨,
淅淅沥沥笼罩大地,
让我挖地三尺珍藏。

幼学时光

我怀念,
怀念一段段幼学时光,
幼学时光,
爱在那溪边河边晃荡,
光着脚丫子,
水中到处摸肥壮,
像那满弦弓,
又像那弯月亮,
一根灯芯草,
两截软藤条,
鱼儿虾儿穿满一串串,
烧坏了灶膛,
忙坏了烟囱。

我怀念,
怀念一段段幼学时光,
幼学时光,
爱在那山边沟边张望,
挽着衣袖子,

林间到处捉迷藏,

像那倒栽柳,

又像那猴悬梁,

一个小背篓,

两只竹提篮,

红柿山梨搁满一院香,

吓坏了爹娘,

乐坏了小芳。

幼学时光,

踩在故乡小路的青石板上,

披上一层月光光,

夜深人静亮堂堂。

幼学时光,

刻在故乡小河的白浪花上,

镀上一层田野黄,

千里之外心痒痒。

幼学时光,

挂在故乡深山的红叶林上,

绣上一层畅月霜,

游子他乡泪汪汪。

幼学时光,

| 故园之恋 |

织在故乡老屋的天井边上，
结上一层蜘蛛网，
叶落归根眼茫茫。

母乳故乡

故乡七弯八扭,
一河春水向东流,
走不尽的山路,
上不完的山冈。
爹娘身影,
长年四季在田间地头忙碌,
一声声呼唤,
穿透我胸膛,
风景情景在扁担两头,
挑出无限厚实绵长。

溪沟里,
鱼虾慌,
断开流水,
盆盆罐罐满满当当。

山坡上,
野果香,
放下背篓,

故园之恋

一山秋实溢彩流光。

田野旁,
放牛羊,
风吹草低,
悠闲牧童三三两两。

拱桥头,
风雨茫,
惊蛰相送,
一伞拥抱心爱姑娘。

说故乡,
赞故乡,
故乡是美丽的人间天堂,
故乡是原始的遍野芬芳。
多年以后才明白,
当初我不顾一切,
撇下爹娘,
背井离乡,
多半是年少痴狂,
还有那不安分守己的浅显目光,
想来实在是一种幼稚荒唐。
如果不是要验证高飞翅膀,
如果不是要学会独自成长,

往事一桩桩

谁愿放下眼前无边旖旎风光？
谁愿远离生我养我的母乳故乡？

山歌故乡

故乡的村村寨寨,
处处有山歌唱响,
一碗美酒等在前方,
诱惑着你的目光东张西望,
没有选择,
没有商量,
只有踏着山歌拾级而上,
对一对乡亲们的情深谊长。

故乡的山山水水,
处处有山歌飞扬,
心上人儿等在水乡,
吸引着你的梦想左摇右晃,
没有退路,
无处躲藏,
只有揣着山歌不慌不忙,
会一会花姑娘的千古绝唱。

一塘塘池水清又幽,

往事一桩桩

水波随风微微荡漾，
它们在静心聆听，
聆听采莲少女那醉人山歌，
看那醉人山歌摇歪船舷双桨。

一条条溪流浪而荡，
溪花随流朵朵开放，
它们在尽情聆听，
聆听梳妆少女那迷人山歌，
看那迷人山歌晃乱水底模样。

一层层梯田执还拗，
田塍弯曲盘旋而上，
它们在虔诚聆听，
聆听收割少女那撩人山歌，
看那撩人山歌穿透哥哥胸膛。

一座座木桥静且穆，
白云低垂缓缓徜徉，
它们在细心聆听，
聆听提篮少女那动人山歌，
看那动人山歌迷失男人方向。

| 故园之恋 |

走进故乡三月里

暖风微微，
山路迤逦，
小雨刚停，
云烟依依，
三月回故里，
脚步急。

过小桥，
跃涧溪，
挽裤管，
提履屐，
试涨水新喜，
看野鸭嬉戏，
一串串水花舞起，
鱼虾醉。

折一只纸船表心迹，
再摘几朵山花放水飞，
坐等浣洗小阿妹，

竖柳眉,
生怨气。
哪知风平浪静,
哪知事与愿违,
不在乎你是不是故意,
不计较你的挑逗刺激,
落花有意流水不娶,
也不回应也不骂詈,
一概不搭不理,
让你自讨没趣,
留下一片银铃笑声,
和山歌浪荡旋律,
长相忆!

踏田塍,
转町畦,
弯柳堤,
拾石级,
老槐树下面趴着的是往昔,
桃树林边上挂着的是旧历。
儿时岁月一去不回,
离家时的踌躇,
至今牵扯着游子衣袂,
只有爹娘的张望,
久等在村口无期,

只有爹娘的笑容，

久候在屋檐依稀。

回故乡的感觉真好

一弯弯河水一道道桥,
故乡早在溪流尽头,
扭着身子选那石头上跳,
生怕落水惹人说道。

一片片青山一座座庙,
故乡早在云端里挑,
扁着身子沿那悬崖边走,
生怕路人议论胆小。

一条条小路一群群鸟,
故乡早在竹林里抱,
侧着身子挑那竹缝儿绕,
生怕亲人久等不到。

一层层梯田一片片稻,
故乡早在金色中罩,
闪着身子拣那田塍上跑,
生怕失足稻穗绊倒。

| 故园之恋 |

一张张笑脸一声声唠,
故乡早在酒壶中烧,
缩着身子端那小碗喝哟,
生怕醉了让人取笑。

回故乡的感觉真好,
房前屋后,
狗儿跳猫儿叫,
没有吵闹,
没有喧嚣。
被发小逮着,
几杯少不了。
被乡亲撞着,
天南海北,
坐下来细细聊。
不用处处设防,
不必弯弯巧巧。

回故乡的感觉真好,
坡边沟边,
野果香山花俏,
没有忧愁,
没有烦恼。
被蒺藜钩着,

爹娘急坏了。
被初恋拦着，
柔肠寸断，
溢泪喊声阿娇。
不去追忆过往，
不再纠结缥缈。

故乡是什么

故乡是什么?
故乡是山中潺潺歌唱的溪花,
是挽着裤筒的脚丫丫,
和受了惊吓的一群群鱼虾,
打着呵欠的落暮虬枝,
慢条斯理地等待着,
等待着将少女的心事勾挂。

故乡是什么?
故乡是眼中渐渐模糊的风车,
是揩着鼻涕的过家家,
和缠了蛛网的一蓬蓬瓜架,
伸着懒腰的前朝拱桥,
老实巴交地守候着,
守候着将长大的小芳远嫁。

故乡是什么?
故乡是笔下慢慢画出的农舍,
是舔着犊子的牛妈妈,

往事一桩桩

和落满晨雾的一层层窗纱,
跳着芭蕾的袅袅炊烟,
默默无言地袅娜着,
袅娜着将游子的脚步勾画。

故乡是三月小雨,
打乱思乡节奏,
打湿清明嫩茶,
纵然千山万水,
纵然海角天涯,
再遥远的旅程,
也要归心似箭不在话下。

故乡是泥泞小路,
不怨曲曲折折,
不怕风吹雨打,
相伴万家灯火,
相伴天边落霞,
再心酸的往事,
也要牵肠挂肚泪眼婆娑。

故乡是陈年老酒,
弥漫岁月芳香,
散发浓浓牵挂,
无论身在何方,

无论酸甜苦辣,
再忙碌的时候,
也要抿上一口望望月牙。

故乡的深度宽度广度

故乡也有深度,
那是古老山溪源头流出的欢快,
还有山溪中鱼翔浅底的优哉游哉。
故乡也有宽度,
那是执着鸟儿翅膀展出的开怀,
还有晨雾中不着边际的傻傻呆呆。
故乡也有广度,
那是厚重云彩身下叠出的矮䂿,
还有风起时变幻莫测的奇奇怪怪。

所以每一次回故乡,
我都要在山溪边,
静静地等待,
等待溪花一朵接一朵,
捂着小脸绽开,
再偷偷地带走,
带走我心头麇集的阴霾,
直到爹娘寻来,
解开我内心深锁多年的扣带。

所以每一次回故乡,
我都要在老林边,
慢慢地翻晒,
翻晒回忆一波接一波,
掘开时光深埋,
再匆匆地赶走,
赶走我脚下遭遇的意外,
直到山风吹来,
搜遍我全身漂泊多年的口袋。

所以每一次回故乡,
我都要在悬崖边,
细细地剪裁,
剪裁白云一片连一片,
露着肚脐排队,
再轻轻地取走,
取走我手中攥着的七彩,
直到落叶飞来,
画出我眼中打结多年的最爱。

故乡的小雨

缠缠绵绵欲罢还休,
那是拂晓时分的故乡小雨,
遮遮掩掩未语先羞,
那是掌灯时分的故乡小雨。
有一点点神秘,
还有一点点淘气,
丝丝缕缕如诉如泣,
从来没有铺天盖地,
却让人时常想起。
有一点点伤悲,
还有一点点脾气,
淅淅沥沥沁人心脾,
从来没有风高浪急,
却让游子关山度若飞。

那年那月那日,
小雨知时节,
你撑着一把瘦骨花伞,
在我前方小心翼翼,

只因前路泥泞难行,
只因缘分早就注定,
我追上了那个,
那个弱不禁风身影,
在擦身而过瞬间,
恰好稳稳扶住你,
差点摔倒的一天惊喜。

相逢何必曾相识,
情爱何必长守聚。
故乡的小雨,
从此记载了你我一段,
一段蓦然回首时沉沉追忆;
故乡的小雨,
从此测算出你我一段,
一段百转轮回时深深懊悔。
直到多年以后,
叶落归根,
谁还停留在那年小雨中,
苦苦寻觅;
直到多年以后,
弱水三千,
谁还怀念着相识当初,
长跪不起。

往事一桩桩

边山风光

我的故乡有一座名叫边山的高峰,
那是连绵群山第一道屏障,
也是迎来送往第一层守望。
忠于职守像管家更像书童。

不知道它经历了多少代雨雪风霜,
也不知道它披旧了多少月亮太阳,
一肚子心事总是对着落霞方向,
作长久虔诚祷告和细细思量。
有时在黎明时分吞云吐雾,
有时在梅雨季节尽情释放。

边山早已经习惯了酒肉穿肠,
墨守着一天清规戒律,
将耳闻目睹的男女那些事,
锁在内心深处收藏,
守口如瓶从不对谁宣讲,
直到化蝶成双,
直到落花成冢,

只是在二十四节气头一天晚上,
准时更换着时令新妆。
或者在獐麂热恋的季节,
将一天月黑风高静静酝酿,
让怀抱中山村更加古色古香。
或者在枝头喧嚣的日子,
将一山硕果累累恣情张扬,
让金黄色秋实变得厚重异常。

一朵白云千载悠悠,
总是在山巅上来回游荡,
发誓要帮助一群群迁徙候鸟,
飞越一山嵯峨阻挡,
在冬去春来路上自由飞翔。

一颗星星喃喃自语,
总是在山顶上闪闪发亮,
执意要帮助一串串夜行脚步,
跨越一山烟雾茫茫,
在风餐露宿途中信马由缰。

往事一桩桩

多年没有回故乡

多年没有回故乡，
是因为想活出个人样，
才忐忐忑忑背起行囊，
兑现父老乡亲期望。

多年没有回故乡，
是因为要混出点名堂，
才惴惴不安奔向远方，
实现人生抱负理想。

忍受太上老君八卦，
向火而生，
无怨无悔，
将那刀山火海上。

笑对五行山下磨难，
嬴屃而出，
负重前行，
将那龙潭虎穴闯。

命运坎坷，
世事无常。
冷暖自饮，
人走茶凉。

碌碌无为，
醒来悲伤。
蹉跎岁月，
失措惊惶。

一天忙碌满满当当，
把酸甜苦辣遍尝。
一身疲惫肮肮脏脏，
把委屈泪水隐藏。

几多辛酸几多迷惘，
没有人在乎你的孤独，
只有挺起不屈脊梁，
才有希望迎来曙光。

几多拼搏几多凄凉，
没有人可怜你的寂寞，
只有担起肩头倔强，
才有可能收获满仓。

谁在屋角挑出酒坊?
倒出岁月陈酿,
对饮千年风霜,
僵持着头重脚轻,
醉一路心事摇晃。

谁在深夜对月弹唱?
倒出一肚子乡愁,
轻声呼唤爹娘,
哽咽着身不由己,
许一天渺渺茫茫。

樟树潭记

面对万险千难,
河水从不改变一路欢歌习惯,
唯独到这里都一律小心翼翼,
不得不低头九十度急转弯,
免得一家老小人仰马翻。
也有仗着自己牛高马大,
以为有过重重山壑阅历,
视死如归桀骜不驯,
就可以长驱直入无须忧烦,
结果谁都一样,
要么落得粉身碎骨,
要么撞得浪花飞溅。

老奸巨猾的漩涡,
在水面上幸灾乐祸,
布下一个个同心圆,
旋转着美丽装扮。
心术不正的暗流,
在水面下狡黠多变,

往事一桩桩

设置一道道鬼门关,
虚掩着洞房花烛梦幻。

樟树潭之所以故事迷离惝恍,
是因为临水一面几尊突兀磐石,
用刀切斧削身躯,
与一河急流昼夜鏖战,
从不懈怠懒散,
拽着河水牛鼻子原地打转,
圈起一潭动静有致深蓝,
日夜混沌着刀光剑影灿烂。

鸟群结伴从潭上飞过,
羽毛落下惊叹,
鱼儿成群在潭中游弋,
背鳍展开点赞,
白云连体在潭空掠过,
目光不敢俯瞰。

只有我初生牛犊,
几回回在樟树潭死里逃生,
又五次三番痴心不减,
盼望着夏天早早来临,
站在岩石上纵身一跃,
猛子一个比一个扎得简单,

最后以潭底一分钟跏趺，
让野凫发出惊天呼喊！

樟树潭呀樟树潭，
你是我人生成长的摇篮，
给我勇气刚强，
让我百折不挠，
去迎接长路漫漫。

樟树潭呀樟树潭，
你是我怀念故乡的舢板，
给我信念执着，
使我知难而上，
去搏击汹涌险滩。

每一次走进故乡怀抱

每一次走进故乡怀抱,
心里翻卷着层层波涛,
山山水水是那样熟悉,
一草一木是那样繁茂。

童年往事忽远忽近,
缠着脚步急急躁躁,
旧日时光若隐若现,
遮住眼睛缥缥缈缈。

父亲身影清晰如初,
在田野上生根发芽,
涌动着风吹麦浪,
绽放着丰收先兆。

母亲笑容扑面而来,
与激动久别重逢,
在阡陌间尽情倾诉,
如歌如泣如长调。

一声声乳名,
一幕幕惊喜,
一句句问候,
一阵阵寒暄。
父老乡亲情怀依旧,
面庞是如此慈祥友好。
儿时伙伴热情似火,
温馨在山林间缭绕。

山笑水笑人欢笑,
久别重逢的感觉真美妙,
村东村西都在奔走相告,
远归的游子回家了。

故乡水怎么喝也喝不够,
故乡酒怎么饮也醉不倒。
家中门槛被乡亲们踏破,
爹娘偏偏钟爱这份热闹,

回故乡的时间太少,
少得让时钟计算出分秒,
少得让岁月带来了苍老,
这是我今天的憾恨懊恼。

往事一桩桩

谁能告诉我,
淡淡乡愁绵绵离愁,
是不是非要离开故土,
才能感觉得到?
是不是经过多年以后,
故乡泥土中依然可以寻找?

乡音乡情

淅沥小雨不慌不忙,
泥泞山路曲折崎岖,
桥头溪尾碰见,
浓浓乡音打着招呼,
声声问候温暖胸膛。

无论走进哪家屋堂,
盛情一浪高过一浪。
热茶早已沏上,
紧紧拉着你的手,
细细把你来端详,
转头叫一声婆娘:
快快进厨房,
看看荤素都缺哪几样?

躲雨的时候,
有人借给你斗笠花伞遮挡。
摸黑的夜晚,
有人递给你马灯电筒光亮。

闲来时分串串门,
留客就听砧板声响,
好酒好肉一桌满满当当,
屋子里散发着诱人清香。

东家西家山南山北,
坐在一起就是从容,
操着沉沉大嗓,
还得拍拍肩膀,
猜拳令还有点儿粗犷。
吆喝阵阵挤出烟囱竹窗,
嗨出真情豪放,
喝出淳朴宽广。

这就是乡音乡情,
原始芬芳,
源远流长。
这就是乡音乡情,
真挚地道,
从不设防。

聚散皆緣

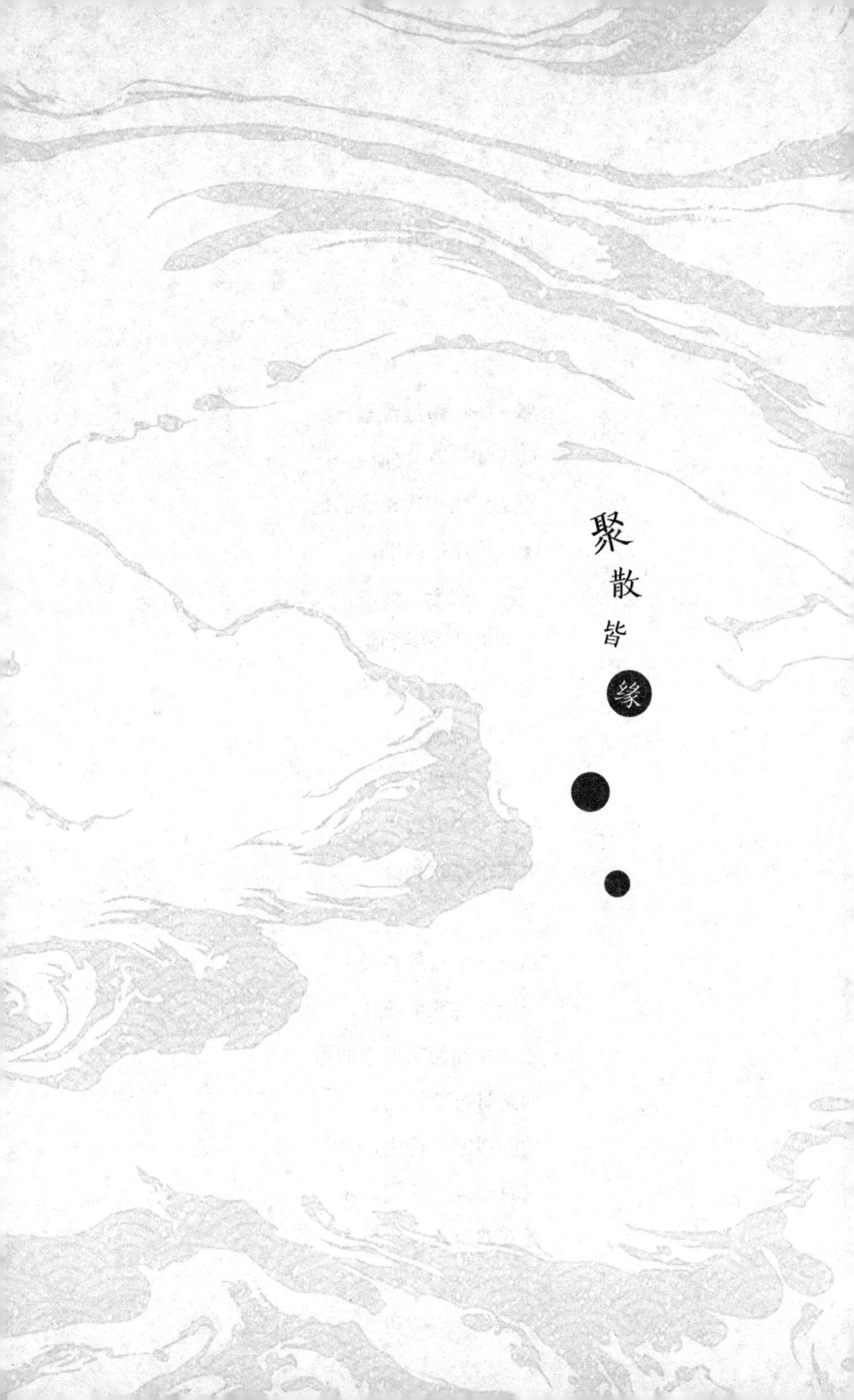

初次相遇的地方

那一条小路最难忘,
风景如画弯弯曲曲,
还是我俩初次相遇的地方。
溪流沿路把歌唱,
一和一对无烦忧,
朵朵浪花飞溅到路旁,
又一齐蛰伏在藤条上,
不再慌慌张张,
打湿了你我相视良久,
让接下来的故事,
更加山高水长。

那一条小路最心慌,
云遮雾绕欲罢还休,
还是我俩初次相遇的地方。
柳条时时随风扬,
如胶似漆无缘由,
只只蝴蝶追着你脚步,
还双双落在你头发上,

不再躲躲藏藏,
见证了你我灵犀相通,
让接下来的期盼,
更加心花怒放。

那一条小路最仓皇,
静谧幽深回音重重,
还是我俩初次相遇的地方。
鸟儿亲昵闹天堂,
耳鬓厮磨无朝暮,
丛丛山花开到路中央,
还恣意挡住你脚下路,
不再吝啬芳香,
模仿着你我脸红心跳,
让接下来的思念,
更加心驰神往。

那一天

那一天相遇在河边,
因为一串水漂漂,
不小心迷失方向,
我停泊在你眼前。
看得出你有些慌乱,
看得出你酡红满脸,
你将倾国倾城搓开抖开,
一圈圈妖娆妩媚,
在激情水面上梦萦魂牵,
小河边从此落下绵绵思念。

那一天相遇在田边,
因为两把小雨伞,
无意间擦身而过,
我露宿你屋檐下。
看得出你有些急促,
看得出你绯红尽染,
你将风华绝代拂开抹开,
一层层婀娜多姿,

在旷野天低中争奇斗艳,
田野中从此种下芊芊暗恋。

那一天相遇在山边,
因为一树红山果,
仰头时流光溢彩,
我歇息在你眉尖。
看得出你有些惊喜,
看得出你柔心弱骨,
你将天生丽质弯开展开,
一阵阵银铃笑声,
在风扬叶动中岁岁年年,
枝丫上从此缠满淡淡轻烟。

往事一桩桩

你在深秋绝尘而去

独雁凄离,

哀鸣恸天地,

片片红叶落孤寂,

一步三回头,

依旧还在留恋往昔,

打躬又作揖,

抹泗涕,

扔绝笔。

坐伴一山萧瑟,

任往事叶葬,

空留回忆。

在这里,就在这里,

是谁亵渎海誓山盟?

滥搂旷野依偎!

是谁杜撰草寮纯情?

哄骗初恋亲昵!

是谁编排温柔细腻?

故作呵护披衣!

是谁导演惺惺作态？
胡拉嫁娶游戏！

风乍起，
寒露袭，
你在深秋绝尘而去，
从此天涯陌路，
肠断无人理，
振鼻翕，
吞呃噎，
撕归期。
反复告诫自己，
既然你不珍惜，
既然你要放弃，
睹物伤情又何必？
重拾足迹无意义。
落黄静谧，
正好包扎我的伤及骨髓！
潦水无溪，
正好断开你的始乱终弃！

再也不要去湖边

每一次漫步湖边,
痛悔踩碎了旧恋!
曾经的鸳鸯戏水,
早已经踪迹不见,
往日的和风柳弦,
被抛弃在平静水面。
一只落单孤雁,
凄鸣长天,
几片羽毛飞落寰间,
惊呆了一湖潋滟!
没想到最后一次湖边见面,
验证了下弦月残缺的谶言。

每一次漫步湖边,
泪水模糊了双眼!
曾经的耳鬓厮磨,
早已经风干屋檐,
往日的夕照笑靥,
被掐灭成往事云烟。

一支忧伤长笛，
沙哑无限，
几个音符不知深浅，
吓坏了一湖秋莲！
没想到最后一次湖边缠绵，
因果在湖心亭古老的推演。

曾经以为

曾经以为有了你便有了爱，
曾经以为有了爱便有了家，
曾经以为有了家便有了岸。
曾经以为有了岸便有了天地。

不再随性，
是因为爱的叮咛，
不再浪迹，
是因为家的安宁，
不再漂泊，
是因为岸的温馨。
不再卑微，
是因为天地的浩瀚无比。

没有想到爱也限制了寿命，
没有想到家也耐不住清贫，
没有想到岸也锚不住平静，
没有想到天地也风雨任性。

从熟悉到陌生，

从牵挂到冷漠,
从咫尺到遥远。
是谁凄风苦雨之后变了心?
是谁灯红酒绿之后越了禁?
是谁山盟海誓之后绝了情?

独守着一盏孤灯,
宁愿午夜时分被敲门声惊醒。
多想再一次喜闻你的声音,
多想夤夜里听到你的音讯,
多想醒来时奢望你的亲近。

就这样固执地渴望着梦境,
就这样荒唐地厮守着黎明,
直到灯花将谎言化为灰烬,
直到晨曦将恩怨全部清零,
任失望泪水一滴滴自缢归西,
招招手无奈地与往事告别,
重新扯起孤帆远影,
打起精神再一次旅行。

再见了,我短暂的数载归依,
再见了,我伤心的几度觅寻,
再见了,我憔悴的几滴清泪,
再见了,我错误的一段婚姻!

秋葬

古道哀思往昔，
荒草对隅萋萋，
旧桥斜阳残破，
雁阵遑遑南急。
老亭早晚翘首，
不见俪影相随，
不见一帆远归，
不见黄土扬蹄。

忧记大地春回，
忧记杨柳河堤，
是谁口口声声？
是谁长跪天地？
今生前世积累，
遇见真不容易，
无惧风风雨雨，
相知年年岁岁。

时光还原真谛，

岁月沉淀真伪。
你的始乱终弃，
你的虚情假意，
你的口是心非，
你的畏首畏尾，
在我秋葬之后，
请你全部销毁。

从此天涯陌路，
从此各奔东西。
恩怨郊野放飞，
爱恨削发为尼，
别后偶然记起，
一盏青灯夜祭！

忘不了当年

忘不了当年,
你站在夜色轻缀的荷塘边,
披一身粼粼月光,
舞一片闪闪星光,
树影婆娑,
纠缠着你的妩媚,
贪婪而放肆,
晚风习习,
迷恋着你的婉娩,
霸道而执着。
一件风衣,
让你感动不已,
你说心灵从此有了皈依。
一塘蛙声正浓,
谁也没有在意,
早知道多年以后,
你我注定各奔东西,
我又何必替你擦去眼泪?

聚散皆缘

忘不了当年,

你坐在浪花飞溅的拱桥上,

牵一缕微风细雨,

裹一幅山野逶迤,

柳条轻拂,

流连着你的娇媚,

惊慌而失措,

溪流急急,

回望着你的娴静,

焦急而后悔。

一把雨伞,

让你相思十里,

你说生命从此有了意义。

数支牧笛正归,

暮色渐渐迷离,

早知道多年以后,

你我注定遥遥无期,

我又何必为你留下追忆?

忘不了当年,

你蹲在鱼翔浅底的河湾里,

采一抹夕阳余晖,

掸一身蝶舞蜂飞,

竹筏惊醒,

痴迷着你的美丽,

浪荡而匪气，

涟漪疾疾，

弹奏着你的娉婷，

忘情而沉醉。

一支竹篙，

渡你对岸来回，

你说感情从此有了伏笔。

两条鱼儿跃起，

水花碎了倒影，

早知道多年以后，

你我注定无缘并蒂，

我又何必吻你秀发额眉？

在春天种下你的诺言

春天,我来到静静的山边,
小心翼翼地种下你的诺言。
热烈拥抱着年轮清晰的过往,
我沉浸在你的浅浅笑容里,
静待相思花妍。

雾霾不再翻脸,
白云不再善变,
田野已经感动,
泉水已经甘甜。
将相遇以来每一个瞬间放在溪流中梳洗,
将牵手以来每一张照片放在阳光下翻晒。

春风拖着裙摆,
舞落最后一片桐叶。
蓦然发现,
你的忧伤还在弧形轨迹中残存,
被由远而近的脚步一路胡乱编排。

你快快破土,

你快快过来,

不要在春天里犹豫,

不要在木鱼声中消退。

听一听来自原野的滔滔弹奏,

看一看来自山麓的悠悠摇曳。

我颤抖在你渴望的眼眸里,

嘤嘤啜泣,

也潜伏在你朝思暮想中,

想一躺万年。

在春天种下你的诺言,

有千百种情愫飞越你的午夜零点;

在春天种下你的诺言,

有无数个心愿盘旋你的沧海桑田。

希望你不要辜负我千山万水,

以及在独木桥上的苦苦等待。

最后一次告别

如果，如果没有从前，
你我就不会结局无言，
那夜的风雨依然，
依然在我的无声世界里上演。

大道千千各走一边，
你我本来是两条平行线，
为什么要相交成彼此，
一个午夜痛点？

回不去的爱恋，
找不到的信笺，
被你的无情冷漠，
风干在伤感的屋檐。

曾经的山盟海誓，
已经到了期限；
曾经的相依相偎，
渐渐成为画面。

往事一桩桩

灯火已经哽咽,

沧海变成桑田,

你我渐行渐远,

故事已经翻篇。

没有来得及带走的那把雨伞,

独自在墙角啜泣,

从此不再,

不再向往春天,

从此不再,

不再绽开笑颜。

最后一次徘徊在河边湖边,

只为打捞去年,

你我失足在水中的亲密无间。

最后一次独步在山边坡边,

只为告别昨天,

你我斜躺在密林的过眼云烟。

一如从前

雨从远山来,
风从湖心起,
斜织的相思,
吹皱的等待,
前尘往事,
柔肠百转,
在一天空蒙中,
瑟瑟发抖!

久别重逢聚聚散散,
眼泪发芽在船舷,
孕出深深浅浅,
长出青涩苔藓。

几度春来水涨,
老去了床头灯花,
摇曳了垄上牵念。
天真的谎言,
浪涌在曲折湖畔,

往事一桩桩

一同苦辣酸甜。

倚亭望断,
白帆点点,
痴痴癫癫,
空怀一肚情话岁岁年年。

平淡枯燥了岁月,
单调稀释了缠绵,
距离瘦削了风霜雨雪。
这一次远行,
你再也没有回来,
这一次分手,
你再也没有理睬。

将装满重重心事的纸船,
放在波涛汹涌水面,
不知道能不能,
浪迹在你眼帘。

不求你回心转意,
不求你明天出现,
我只是在初次相遇的码头,
摆渡最后一回思念,
我要看着酸楚往事,

全部被漩涡暗流卷走,
剩下一个水泡冒出,
又顷刻破灭,
一如从前。

过眼云烟

桃花绽放在你眼前,
闺中佳人露出笑靥。
谁把思念牵成长线,
挤在墙角放纵缠绵。

穿过青砖灰瓦的屋檐,
我停步在有你影子的湖面,
挥舞着长袖,
想留住你转头嫣然那一瞬间。
不小心跌倒,
惊动一池豆蔻睡莲,
任蛙声轻弹早春微风潋滟。

记得初次相遇那年,
也是在这小桥流水阁楼边,
也有箫笛悠扬婉转,
也有桃花怒放一片,
歌声里全是你端庄娇艳,
画笔落时,

长裙曳地飞旋。

你飘逸灵动,
你含苞欲放,
你羞涩一脸,
你如白云天外天。

世外桃源,
芳草碧颜,
风轻燕低,
二月炊烟,
柔肠百转,
弱水三千。

踏一山小路弯弯,
那里有前世约定的蜿蜒。
数一天飞雨花瓣,
那里有岁月刻下的日晷。

望寮前往事,
看柳絮翩跹,
多少年过去,
世事早已变迁。
我知道你早已出嫁,
和出嫁那天化为灰烬的画卷信笺,

迟疑之后，

忍不住又轻踏淡淡怀念，

只为寻找当初牵手漏下的瞬间，

只为寻找曾经吻你残留的爱恋。

谁去谁留

山水静阒，
雾收古都，
水上一帆远悠悠，
云烟生处频频挥手，
留下一抹愁。

天微明，你要走，
一张船票了结，
自顾无烦忧。
望断千里水路，
碧波浩渺翔沙鸥。

晨钟一声初响，
前尘往事缠发丝，
比长短，争上游，
谁去谁留？
覆水难收。

梳不尽一段相思苦，

曾沉湎，也酣荡，

有龃龉，还别扭。

天边卷聚散，

不忍空回首。

一把别泪落水面，

惊散鱼儿无数。

摇橹驾水向东流，

追出千顷细浪，

我心已揉皱。

所以千古一爱，

风雨飘摇欲罢还休；

所以缘分无由，

相依相偎一伞难求。

故事没有结尾

你我在立春的桃林相遇,
在寒露的枝头分离,
秋风习习,
细雨霏霏,
伴奏着没有结尾的旋律。

每一次相聚,
你一味挑剔,
说我不够浪漫细腻,
简单而木讷,
不会在月夜里给你制造惊喜,
不晓得撑一把雨伞接你,
在人海茫茫中相依相偎。

分别时你埋头哭泣,
说我不懂诗情画意,
平淡而小气,
不会在信笺中给你捎寄勇气,
不知道编一串故事给你,

往事一桩桩

在漫长等待中如痴如醉。

不知道为什么,
分手之后,
我依然没有把你忘记。
也许因为每一回远行,
还残留着你送别的痕迹。
也许因为每一次相聚,
还片段着你霸道的点滴。

情未绝,
爱尚存一丝气息。
我相信,
相信明天的太阳会提前升起,
我祈祷,
祈祷约定的雨季会一帆远归。
有缘无分只是一句儿戏,
漫漫长夜,
你需要我一天牵系,
有情人终成眷属,
但愿故事还有结尾。

分手在即

昨日心事，
不小心滑落莲池，
被蛙声拾起，
道破天机。

分手在即，
几片秋叶落地，
悄无声息，
任鸟声喊喊，
任风声鹤唳。

弯弯山道上，
野菊花挤眉弄眼，
悬钩子无聊扯衣，
全都懒得搭理。

拖着一串串沉沉脚印，
负重前行，
将目光摘去枷锁，

不再萎靡。

孤雁落下几滴清泪,
当空迟疑。
峥嵘岁月,
谁是谁非?
想大声责问原野,
不忍心打破静谧,
不愿就此被三生石算计。

坐在半山古亭,
请来山神土地,
在下首画出几块座席,
再捧几掬溪水小醉,
万年有证,
过了今日,
再无牵系。

不敢

不敢拂开水面,
是因为害怕你的水中倒影,
被微波摇开,
消失在云水天水,
从此不再回来。

不敢撩开烟雨,
是因为害怕你的多情花伞,
被飞燕剪裁,
侧棱在桃林竹林,
从此永远斜歪。

不敢抚摸照片,
是因为害怕你的旧日模样,
被时光宠坏,
执拗在山边坡边,
从此夜夜乱怀。

一对鸳鸯扑棱着小桥流水,

水花溅出爱的箴言,
残花责怪,
落叶惊呆,
躲在河湾里落寞的,
还是那叶竹排。

一双蝴蝶飞舞着春天烂漫,
弯足弹起爱的琴弦,
白蛇怨怼,
青蛇瞎猜,
蜷缩在山沟边伤神的,
还是那片阴霾。

爱的幻想

小时候我充满幻想,
幻想你成为我的新娘!
唢呐吹起,
你一脸惊慌,
锣鼓响起,
你分外紧张,
被大嫂二嫂扶着,
你轻移莲步,
脚下踏出一串串惆怅,
身后落下一片片忧伤,
还有那三三两两的小顽童,
跟着闹着追进洞房,
反复讨要山楂红糖。
情爱地老天荒。

春天里我充满幻想,
幻想你成为我的新娘!
春燕掠过,
你一脸慌张,

白鹭飞落,

你分外激荡,

被漩涡潋滟围着,

你轻声歌唱,

水面舞起一圈圈锅庄,

翠鸟叼来一件件嫁妆,

还有那跌跌撞撞的小浪花,

跟着闹着春来水涨,

上下翻滚在水一方。

故事浅浅珍藏。

山花在迎接你的路旁,

热烈绽放,

小船在等候你的水乡,

微微荡漾。

剪一段春光明媚静静欣赏,

裁一截草长莺飞陈年久酿。

我要让那温馨时光,

在无边风景里,

散发着淡淡清香;

我要让那悠悠岁月,

在世外桃源中,

弹奏着泉水叮当。

曾经

曾经,曾经我俩爱意初起,
坐在门前池塘边,
看荷花开出天高云低,
听蛙声闹出春风十里。
捡一块青春年少的石头,
扔向你静静的水面,
我要让你,
让你水中美丽的倒影,
忍不住微微,
微微摇荡出爱的涟漪,
扑向我早已为你张开的怀抱,
一拥百年醉。

曾经,曾经我俩相依相偎,
坐在湖边小船上,
看微波荡漾难舍难分,
听湖风弹奏昨夜星辰。
折一截天真无邪的柳枝,
扎紧你长长的乌发,

往事一桩桩

我要让你，
让你湖上舞动的旖旎，
忍不住轻轻，
轻轻绽放出爱的无期，
收拢我早已为你准备的归依，
一起凌空飞。

说好真心真意，
牵手不准后悔，
约定千山万水，
相知年年岁岁。
朝思暮想，
早出晚归，
无论身在何方，
无论风风雨雨，
你一定要记得，
记得我俩门前曾经的相思成疾，
记得我俩湖上曾经的如诉如泣。

断肠而归

这一生寻寻觅觅,
冲撞了太岁和土地,
在错误时间启程,
在错误地点拭泪,
祈祷前世今生,
不要再次相聚!

一路上山穷水尽,
一路上月朗星稀,
你心不在焉转头,
缩小了我的存在,
忽略了我的憔悴,
还有你对我的迟迟晚归,
从来都是轻描淡写,
爱搭不理。

每次相见话不投机,
每次分别没有安慰,
这些伤痛暂且不提。

往事一桩桩

这些惆怅横亘一辈。

不去想从前被你灌醉几回，
不去想往事被你赚了几起，
在阁楼点亮一盏小灯，
轻轻抚摸着，
被你划烂的支离破碎；
慢慢梳理着，
被你揉皱的千愁万绪。
我决定，
决定趁着苍茫夜色，
断肠而归，
从此告别秋来露重，
从此重回天涯孤旅。

还恋当年匆匆一别

昨夜风雨骤急,
芭蕉无力再起,
独坐窗前,
断簪清唱一回,
谁锁孤单寂寞阁闺?
思君夜夜泪,
欲罢不能无题。

披寒衣,
懒梳洗,
亲亲雨夜花蕾,
吻吻柳琴叶眉,
坐也成忆,
躺也成忆,
轻抚一腔柔肠寸断,
三月里,
早沉醉。

煮一壶夜来人静,

几点渔火依稀,

听一天夜雨淅沥,

禅院钟声静谧。

关山迢遥,

早去早归,

一纸红颜薄命,

几多聚首几多离。

思念浓时剪愁苦,

托驿寄,

也柳毅,

辛酸怨恨对空飞,

还恋当年匆匆一别,

空悲喜,

徒懊悔!

转角遇到的不是爱

那年你我行色匆匆,
在红墙转角处,
撞了个满怀。
你手足无措,
我惊惶失态,
从此以后,
你的影子弦月新裁,
悄悄闯进我的世界,
在灯火阑珊时冒失勾兑,
在夜深人静时扑面而来,
一肚心事,
常常不知不觉,
偷偷爬上窗台,
与窗边探头探脑雾霭,
纠缠成一堆,
墙画从此无精打采,
呓语从此期期艾艾。

三年相思,

往事一桩桩

三年等待,
我始终没有等到你的花轿,
院前把我抬。

一朵昙花越栏斜开,
笑我多情笑我呆。
早知道你初心不再,
我又何必伤感无奈!

转角遇到的不是爱,
世事本无错对,
一切都是上天安排。
也许以后有一天,
你我偶然相遇茫茫人海,
我不会再纠结相逢那一抹惊喜,
也不会再去自找烦恼阴霾,
我已经学会看开学会面对,
前尘那些往事,
都是我一厢情愿的活该。

古屋墙边

一阵寒风细雨微斜,
一声惊雷梨花落下,
一株老柳低头忆旧,
一双春燕飞错娘家。

记得那年相遇古屋墙边,
你撑开一把雨伞,
穿过我突发奇想的那片梯田,
停在我惊慌失措的眼前,
看着我瑟瑟发抖,
躲在风雨追逐的屋檐,
失魂落魄楚楚可怜,
你大大方方一挥手,
挽起我的迟疑腼腆,
一段刻骨铭心初恋,
在细雨蒙蒙之中,
织出丝丝入扣,
山水缱绻相间。

聚聚散散过去两年，
分手已无悬念，
也在春来水涨，
也在古屋墙边，
重来一次彻底了断，
重拾一回往事云烟，
尽管肝肠寸断，
尽管泪水涟涟。
轻踏着坑洼旧事，
我还是忍不住黯然伤神，
最后看一眼，
墙角上面那张蜘蛛网帘，
静静地勾挂着，
你当初良心未泯的陈旧笑脸。

小河牵线

弯弯小河穿村过，
深潭石滩河湾，
一切都是爱的音符，
一切都是情的画面。
你家在小河那边，
我家在小河这边，
一条木船来回渡，
岁岁又年年。

小河那边有我家稻田，
小河这边有你家稻田，
来来往往对笑颜，
青梅竹马常相见，
从小你我眼里有了牵挂，
从小你我心里种下思念。

你最先发现天空，
有两家纠缠的炊烟，
我最先发现河面，

往事一桩桩

有相互亲昵的双燕,
感动了眉尖,
湿润了眼帘。

每个月朗风清夜晚,
你我都会隔河相望,
对歌七八遍,
直到爹娘呼唤,
直到鸟声入眠。

因为小河牵线,
于是你我之间,
常常心照不宣,
开始了朦胧初恋,
吟出了旋律,
谱出了歌篇。
因为小河牵线,
于是你我之间,
常常薄雾轻烟,
开始了浪花飞旋,
急坏了双桨,
醉歪了船舷。

水石手迹

如果不是,
不是你说好男儿志在四方,
当初我就不该,
不该放你一帆远走。
如果不是,
不是你说要改变山村模样,
当初我就不该,
不该松开你的双手。

岁月悠悠,
年华似水流,
你一走就是三年多。
转眼又是潦水深秋,
一群大雁不离不弃,
一山落叶不识归途,
望穿秋水,
依然不见你踪影和笑容,
失魂落魄,
不知不觉我走到路尽头。

往事一桩桩

叶片上露珠滑溜溜,
枝头上轻雾空自守,
心里一阵阵躁动,
我突发奇思妙想,
想在清早碰碰运气,
再去一趟,
咱俩曾经约会的那片竹林。
突然发现你残留的水石手迹,
依然清晰隽秀,
给我无声惊喜,
因我含羞低首,
兑换些许安慰,
兑换欲罢还休,
让我不再,
不再夜夜烦忧,
一声声叹息伴泪白流,
一丝丝怨恨黎明才收。

永远疤伤

从小，从小你我青梅竹马两小无猜，
从小，从小你我形影不离结对成双。
你喜欢看彩蝶飞舞和嫩芽初上，
却不知道，
我在偷偷望着你，
一脸失措惊慌。
你喜欢看河水奔放和浪花欢畅，
却不知道，
我在偷偷望着你，
心情潮落潮涨。
你喜欢看彩虹舒展和山边斜阳，
却不知道，
我在偷偷望着你，
拭擦淡淡忧伤。

我耕田，你放牧，
我挑担，你插秧，
我横篙，你荡桨，
田野上有你的笑声爽朗，

也有我的歌声粗犷，
桃林旁有你的羞涩模样，
也有我的琴声飞扬，
溪流中有你的对镜梳妆，
也有我的心神荡漾。

长大以后我去了南方，
参军到海洋。
别离时的情景，
永远在我心中珍藏。
你我抱头痛哭，
泪水在脸颊潺潺流淌，
湿透了你的花衣裳，
和我的绿军装。

那天父亲一封家书，
验证了我的梦中情殇！
每天落霞时分，
你总是坐在河边痴痴张望，
盼着我早些儿衣锦还乡。
因为锣鼓催得急促，
因为烟花满天炸响，
你还是没有与家人对抗，
忍痛选择了镇上天堂，
嫁了与当初诺言相反的方向，

只留下几滴恨泪无力翱翔,
最终洒落在桥头老柳上,
成了一道迟来的永远疤伤。

往事一桩桩

把你的眼泪收拢

不要每一次聚首,
都跟我诉说,
你是多么多么寂寞!
不要每一次分别,
都对我痛哭,
你是多么多么无助!
聚聚散散本是人间常事,
何苦起起伏伏?

望天边云展云舒,
看脚下潮起潮落,
日月轮回,
你莫叹岁月无常,
悲欢离合,
你休怨命运坎坷。
爱也幽幽,
恨也绵绵,
爱多少本没有长短离谱,
恨多少也并没有是非对错。

放下是一种参悟，
随缘是一种解脱。

把你的眼泪收拢，
不要让它在离别时汹涌，
不要让它在相聚时冲动。
恕我不能朝朝暮暮，
与你长相厮守，
恕我不能天涯海角，
与你卿卿我我。

我和你

一串串脚印,
或深或浅,
若隐若现,
在弯弯小路上,
迷离惝恍,
款款通向河边,
那是你浣洗的身影,
在给我的遐想设计悬念。

一丝丝笑容,
或媚或娇,
腼腼腆腆,
在深深庭院中,
婆娑缥缈,
隐隐挂在窗前,
那是你针黹的形影,
在给我的梦想刺绣明天。

我和你,

聚散皆缘

一河共饮似曾相识,
你在上游我在下游,
你慌乱湿漉的少女心思,
一路跌宕起伏,
不时漂流到我光光的脚丫前,
与我的憧憬撞个满怀。
不早不晚,
抬头之间,
河湾竹排正好醒来。

我和你,
一山共采默默相对,
你在山上我在山下,
你急促乱怀的少女心跳,
一路蜿蜒曲折,
不时纠缠着我长长的手指尖,
与我的祈祷逐字结对。
不早不晚,
眨眼之间,
一树茶花正好微开。

你是我的心跳

我有一个，
一个小小嗜好，
每当牵着你的手，
在旷野天低中双双奔跑，
然后累倒，
躺在山坡上，
望着流云祈祷，
再摘一朵山花，
别在你的发梢，
这时候我发现，
发现你是我心口上，
最神秘浪漫的怦怦心跳。

我有一个，
小小秘密，
每当搂着你的腰，
在潺潺溪水边静静微笑，
望着飞瀑流泉，
再采一米阳光，

在你脖颈缠绕,
这时候我发现,
发现你是我琴弦上,
最神奇动人的袅袅曲调。

飞过来一群快乐小鸟,
赶走了嘶嘶知了。
围上来一团薄雾轻巧,
挤走了落叶飘飘。
不只是为了岁月静好,
更是为了美景良宵,
为了你每一天,
情窦初开的东方欲晓。

悬崖上,
微风静悄悄,
木桥下,
光阴逝如斯。
谁是你起初的第一回拥抱?
谁在你最后的烛光里客套?
容我来年春暖花开,
问一问古树旁的千年土地庙,
问一问原野上的百岁小小草。

竹林里的拥抱

十七岁那年，
常常望着广袤田野，
按捺着一阵阵无名心跳。
跺跺脚，
一声呼哨，
撩开了青春年少。
壮着胆子写了张纸条，
在经过小芳木楼边，
来了个迂回环绕，
躲开花猫，
避开狗叫，
故作匆匆忙忙，
信手塞进窗口，
从此有了第一回，
竹林里拥抱。

竹林里的拥抱，
咀嚼出初恋酸甜味道，
像刚刚拱出泥土的竹笋，

有些紧张好奇,

有些贼头贼脑,

有些意犹未尽,

有些眉开眼笑。

竹林里的拥抱,

交织着初恋羞涩害臊,

像刚刚跃出水面的漩涡,

有些慌慌张张,

有些潦潦草草,

有些粗枝大叶,

有些急促荒谬。

竹林里的拥抱,

品尝出初恋岁月美好,

像刚刚歇息枝头的风筝,

有些莫名其妙,

有些神魂颠倒,

有些瑟瑟发抖,

有些微微烦恼。

再也不要

故作旁若无人,
绕开你的竹窗,
故作不搭不理,
与从前没两样,
篱笆禁不住漏泄春光,
柴扉关不住心驰神往,
影子不会躲藏,
脚印无法说谎,
吵过之后,
抚着你的照片如痴如醉,
闹过之后,
摸着你的雨伞泪眼汪汪。

风平浪静过后,
我断然决定,
决定做出一个大胆设想,
拿出胸怀和坦荡,
去缓冲那一次不经意,
给你带来的伤心断肠。

深思熟虑过后，
我坦然决定，
决定放下最后一点锋芒，
拿出责任和担当，
去弥补那一次不小心，
给你带来的十月寒凉。

莫笑我别出心裁，
莫笑我年少痴狂，
一阵阵刀削斧砍，
一阵阵脚乱手忙，
我编织出一个，
一个小巧玲珑的装鱼篓筐，
又悄悄放在你晌午时分，
常常去浣洗的河湾方向。
在你必经的青石板小路上，
等待着你破涕为笑，
等待着你宽恕原谅，
等待着你摒弃前嫌，
等待着你重续鸳鸯，
再也不要因为，
因为几句戏言无风起浪，
再也不要因为，
因为龃龉小事吵吵嚷嚷。

我已经走远

我已走远,
你仍在木槿边挥手,
眼中溢出一滴滴滚烫泪水,
不经岁月雕琢上色,
就独步半山秋色,
等待着候鸟迁徙。

一阵山风恶毒无比,
将河湾涟漪惊醒,
一顿乱弹,
任杂乱音符伤痕累累,
又放肆地蹿到耄耋小路上,
不负责任地恣意撩开,
一条条五颜六色的长裙短裙,
还嬉皮笑脸地扬扬得意,
非要在我俩曾经约会的桃林,
至少邂逅到你一次,
漫不经心的擦身而过,
和一次漫无目的彳亍慢行。

摘一朵妙龄菊花,
沾着十月初寒,
懒懒地别在如瀑长发上,
你决意看着我的脚印,
在瑟瑟飒飒秋风中,
长出憨头憨脑串串嫩芽,
守着嫩芽荫荫牵出,
一蓬蓬相依为命藤蔓。

不论我走多远,
不论我走多久,
你依然相信,
相信那一蓬蓬藤蔓,
在我走后的某个日子,
定会结出殷红的思念果实。

错过之后剩下苦

是不是每一个女人,
都有一个冲冠一怒郎君?
是不是每一个男人,
都有一个泪洒倾盆女神?

其实你早就在某个地方等着,
等着我去挽你的手,
一起风雨同舟,
一起落霞共舞,
只是因为命运阴差阳错,
你成了早晚翘首等待的玛吉阿米,
相思成苦。

其实我早就在某个日子守着,
守着你来引我的路,
一同休戚与共,
一同春种秋收,
只是因为尘世生不逢时,
我成了朝暮久困深宫的仓央嘉措,

思念成愁。

你赶来的时候,
我已经走远落幕,
你出现的时候,
我已经慢了节奏。
是符元仙翁点错了鸳鸯谱?
还是四值功曹睡过了日头?

寻寻觅觅,
猛然醒来,
萍踪千山万水,
发现你近在眼前,
发现我远在天边。

曲曲折折,
蓦然回首,
浪迹天涯海角,
你在灯火阑珊处,
我在一天烟雨间。

不求来世聚首,
只要今生厮守。
不求天长地久,
只要曾经拥有。

往事一桩桩

为什么,
为什么天地间要有渔阳鼙鼓?
为什么,
为什么尘世间要有花丛懒顾?

爱过之后全是愁

纤云不弄巧,
你我之间何来故事?
风雨不颠倒,
你我之间何生情愫?

相遇时你我一切不顾,
许下一天诺言,
只为前世今生潋滟初现,
因为泥土之中简牍朝天,

信誓旦旦滔滔不绝,
卿卿我我滴滴点点,
怨晚春迟暮,
怨野渡诖误,
任相思泪苦,
任纸鸢远辞。

常常斜卧一山兴衰枯荣,
双双忘情拥抱,

往事一桩桩

仿佛皇天后土,
唯有你我一爱如故,
仿佛天高地迥,
唯有你我一爱千古。

如胶似漆抵不住岁月低迷,
心有灵犀敌不过流年萎靡。
同舟共济绕不开路转峰回,
举案齐眉赶不上媚俗势利。

哭过之后是支离,
闹过之后是破碎。
爱过之后是冲动,
恨过之后是缝补。

也有真情对白,
也有深深反思,
都被平凡打破,
都被距离惹哭。

一夜之间,
时光回到从前,
挥手之间,
感情回到当初。
想再深情拥抱一次,

却发现你的眼泪已经凝固,
却发现你的眉头已经紧蹙。
只好终点又回到起点,
瞧着手中这把曾经见证,
见证我俩红尘聚散的花伞,
撑开一幕秋雨凄楚,
重新开始漫漫长路,
去邂逅真情的金石声慢,
去寻找真爱的金屋犹自。

往事一桩桩

这个时候你最美

郴江三月,
柳斜燕低,
轻烟笼罩,
浪流湍急,
小草初醒,
野鸭嬉戏。

我和你一样,
手舞足蹈心生欢喜,
早已经痴迷,
早已经沉醉,
同时将彼此惦记,
同时将对方想起。

你来不及粉黛描眉,
我来不及沐浴更衣,
就双双手挽着手,
奔向河边春光里,
比枝头嫩芽还急,

比悬崖飞瀑还疾。

穿过一段昨日,
还在恹恹欲睡的老堤,
越过几条去年,
还是稚气未脱的小溪,
去看浪花翻飞,
垂钓阳光明媚,
去看白鹭双栖,
守候漩涡轮回。

这个时候,
我发现你最美丽,
美丽得无与伦比,
美丽得无边无际。
于是我不在乎风言冷语,
于是我不在乎贵贱高低,
暗暗地痛下决心,
悄悄地做好准备,
准备今生要与你相依相偎,
准备来世还与你不离不弃,
让教堂钟声嫉妒不已,
让木棉袈裟馨书菩提。

往事一桩桩

将昨天放飞

我和你,
故事凄迷。
断桥相遇那天,
风正急来雨正霏,
你一个趔趄,
吓傻了雨季,
滑伤了柳堤,
恰好被擦身而过的我,
伸手一把顺势拉住,
拉住你一脸红晕,
拉住你一声惊悸,
你的重心暂时侧棱在我怀里,
你的羞涩暂时在我臂弯栖息,
略淋了一丝雨滴,
略绽了几点淤泥。

后来的日子,
你我都没有留住那份初识神奇,
你我都没有拴住那份牵手美丽。

也许因为,
因为你我天各一方目标迥异,
匆匆脚步终究拉开了距离。
也许因为,
因为你我只有开头没有结尾,
字里行间终究落满了琐碎。

再次相聚时,
你我已经陌生无语,
原野已经秋叶满地,
剩下一点点回忆,
最终涸散如逐渐模糊的字迹。

将昨天放飞,
将往事搁起,
温一壶深秋寒意,
切几瓣龃龉痕迹,
将自己灌醉,
借着微醺曳步,
慢慢踱回,
踱回初识时一天无忧无虑,
踱回牵手时一地倏然惊喜。

往事一桩桩

一伞相思疯长

那天你没有带伞,
起初你不在乎,
额前刘海一抹,
毛毛雨也糊里糊涂,
你说这就是幸福。

后来雨下大了,
你行色开始惊恐觳觫,
你目光开始茫然无助,
正在你焦急的时候,
我刚好追上你脚步。
于是你我之间,
有了阴差阳错,
于是你我之间,
有了精彩故事。

与你共伞的感觉真好,
手畏畏缩缩,
脚深浅不顾,

心微微颤抖,
影虚虚无无,
说话语无伦次,
眼神偷偷放肆,
涟漪初潮起伏,
心事手足无措。

多想雨就一直这样下,
多想路就一直这样滑,
多想时光停留在此,
多想你时时离不开我搀扶。

盼望着再度与你雨中重逢,
盼望着再度与你一天伞舞,
你是不是也和我一样?
半夜梦中醒来,
点一盏微弱小灯俯拾,
床前牵藤一地,
别后思念甜苦。
你是不是也和我一样?
屋后将相思栽种,
园子里开出一畦畦,
我与你共伞一程后,
湿漉漉的半边身子。

往事一桩桩

你走你的路

你对我说过不止一次，
这一生要爱我千百回。
我知道这是因为，
因为你对我不太熟悉，
感觉还停留在过去，
初见时那份美丽。

因为我曾经受过伤害，
心里早筑了一道长堤，
不像一般女子那样，
容易进入汛期，
容易目眩神迷，
尽管我有些理智，
还有些不可思议，
暗地里还是激动不已！

然而昨天一场相聚，
发现你并没有做好准备。
试探着问些敏感话题，

你却处处刻意回避,
偶尔一句正面回答,
措辞尽是无能为力,
这还不是关键一击,
令我伤心欲绝的是,
一位老人不小心滑倒在地,
我赶紧过去小心扶起,
你站在一边袖手旁观,
说这世界太多纷繁复杂,
担心遇到欺诈一类,
无法清白自证自洗。

看出你的自私虚伪,
这一刻我深深后悔,
这一刻我忍痛做出决定,
决定趁早与你分离。

在我心中你已经形象自毁,
已经斯文扫地一病不起。
我明白分手时分提前来临,
偷偷抹了一把眼泪,
任你千言万语,
任你千方百计,
我由着性子头也不回,
我硬起心肠不再搭理,

往事一桩桩

只是强挣着伤痛疲惫,
苦笑着对你挥挥手,
告诉你往事不用再提,
告诉你日后保重自己。

一场伏击

是不是每一次约会,
你都经过精心设计?
是不是每一句诺言,
你都预先排练几回?

你能说会道暗藏心机,
天生一副滑舌油嘴,
将树上鸟儿哄下地。
你装腔作势很会演戏,
常常在台词过度之间,
巧妙地插入我爱你。

不得不点赞你张弛有序,
不得不佩服你深厚功底,
这是因为,
因为我情商过低,
不提防被你骗去一生珍惜,
还劫掠了一季花期。
这是因为,

因为我在不知不觉间,
不小心被你打了一场伏击,
还俘虏了阁楼深闺。

你伤害了我,
还不让我擦干眼泪,
说那是生命在自然调理,
过于斤斤计较又何必?

你伤害了我,
还不让我自我安慰,
说天下没有不散的筵席,
要看开世间悲悲喜喜。

伤痕累累

早知道明天要分离,
又何必今天来相聚?
早知道你心神不定,
我又何必苦苦追随?
早知道邂逅只是短暂美丽,
就没有必要冒险风高浪急。
早知道你跟我玩一场游戏,
就不该越陷越深当局者迷。

无可挽回的现实,
遍体鳞伤的回忆。
现在才醒悟是不是太迟?
现在才明白是不是太痴?
为什么我这么疏忽大意?
将你的漫不经心当成踏雪寻梅。
为什么我这么愚蠢弱智?
将你的三言两语当成双栖双飞。

我太傻,真是太傻,

竟然识不破你的重重心机,
上当受骗居然这么容易,
从没有想到过你会半途而废!
怨我对你太用心,
怨我对你太珍惜,
总是给自己讲道理,
辩护你假假真真每一次话题。
总是反复宽慰自己,
解释你轻描淡写每一回忘记。

多少青春时光已经浪费,
多少真情被你蒙在鼓里,
到头来抵不上你几句苍白无力,
只换来你一声简单的对不起。
挥挥手是那么从容干脆,
从此以后将我狠心抛弃,
让我风风雨雨独自面对,
让我跌跌撞撞孤舟苦旅。

原来你有了新欢喜

早知道你并非真心真意,
我又何必太多顾忌。
早知道你是在逢场作戏,
我又何必乞求你的惦记。

其实从一开始,
就看出你有些慌乱,
就看出你有些鬼魅,
行走时脚印落下蹙眉,
拥抱时衣袖卷起忧虑,
说话时口中咀嚼犹疑。

懒散的步履,
迟到的约会,
解释疲软无力,
眼神无根无系,
诺言天女散花,
随风飘散满地,
谎言天马行空,

往事一桩桩

从不兑现点滴。

后来我发现,
发现相恋的时间越长,
你越不懂得呵护珍惜。
累了倦了想坐下,
搭把手都是那么小气,
你开始变得自私自利,
时不时来句老夫老妻,
说没有必要那么娇滴,
手虽挽在一起,
心却若即若离。

后来我发现,
发现你不在乎我流泪,
方知道你有了新欢喜。
那一刻终于来临,
我的泪水就像决了堤,
付出只留下一道印记,
面对你的无情又无义,
面对你的不搭也不理,
分手在所难免,
感情无可挽回。

抚摸着一身伤悲,

最后一次尝试着重新站立,
最后一次搀扶着山风哭泣,
最后一次痴望着老庙菩提,
双手合十任檀香缭绕跏趺,
与伤痛作最后一次告别洗礼。

小木屋外扎着竹篱

我的世界充满幻想,
幻想是一件美丽的新衣,
穿上它时感觉惬意无比,
脱下时又免不了有些悲戚。

我幻想有朝一日,
披着红红盖头等你来娶,
院子里洋溢着团团喜气,
有探头探脑的唢呐声声醉,
有摇头晃脑的锣鼓声声急,
我的向往被你轻轻抱起,
一生为你牵肠挂肚,
心灵终于有了皈依。

我幻想未来日子,
世外桃源自然环境回归,
小木屋外扎着一圈竹篱,
有春天里的细雨如诉如泣,
有夏日里的莲花亭亭玉立,

聚散皆缘

我的炊烟被你尽情飘逸,
一生为你甘心情愿,
灵魂终于有了慰藉。

幻想是一种催眠剂,
它让我的夜晚不再孤寂,
将快乐无限徐徐放飞,
将忧愁永远压在箱底。

幻想是一支小竹笛,
它让我的日子不再低迷,
将生活吹出七彩旋律,
将念想谱出温馨静谧。

往事一桩桩

为什么日子过得潦草

如果那天不是你歌声缥缈,
我今天就不会有咚咚心跳,
如果那天不是你回眸一笑,
我今天就不会有淡淡忧愁。

微微晚风轻拂脸颊,
绵绵心事晾晒蹊跷,
坐卧不安神情微妙,
茶饭不思灵魂出窍,
你的声音总在心头上挠,
你的影子总在床头上绕。

又是一个失眠夜晚,
只有黎明时分天边启明星,
猜出我相思如潮,
嘲笑我自寻烦恼,
将日子过得潦潦草草,
将白天黑夜完全颠倒。

也许朝思暮想，
会让我憔悴不堪，
也许魂不守舍，
会让我提前衰老，
谁又能抑止我眼前疯长的繁茂？
谁又能医治我心间落下的病灶？

人世间什么东西折磨人受不了？
单相思算得上是一把剜心尖刀。
窗纸捅破了不见得忧伤会减少，
心事说出来可能只有夜色听到，
我仍然会对着月亮唠叨，
且不去管她知道不知道。

半梦半醒之间

半梦半醒之间,
你我把手牵,
山花开满一坡,
白云悠悠闲闲,
你我就这样开启了初恋。
风吹草低,
你羞涩初现,
向往落在潺潺小溪旁边,
非要与我换一处幽静地点,
才放心让我吻你绯红一脸。

半梦半醒之间,
你我把心连,
浪花飞溅一河,
船桨击起流年,
你我就这样翻开了诗篇。
风高浪急,
你紧靠船舷,
祈祷落在远方层层梯田,

非要与我来一回画眉深浅,
才放心让我读你千遍万遍。

半梦半醒之间,
你我舞翩跹,
篝火围成一圈,
倦鸟酣梦正甜,
你我就这样开始了缠绵。
夜雾弥漫,
你怒放白莲,
愿望落在茂密竹林里面,
非要与我来一次惊喜遇见,
才放心让我抱你云水欢颜。

嬗变

是谁附在我耳边轻声说，
这一生要爱我到天荒地老，
不管未来风雨多么飘摇，
认定的事儿坚决不回头，
大丈夫生来有责任担当，
落地的话儿经得起推敲，
决不轻诺寡信两面三刀，
说的是一套做的是一套。

我相信那时你说话地道，
我认定那时你做人可靠，
但还是有些担心有些害怕，
犹豫中还是被你激情扳倒，
感觉你魔力真是无力抗拒，
不知不觉戒备完全放松了，
就答应了你的信誓旦旦，
向你完全张开了少女怀抱。

花开叶落转眼雪花飘飘，

这一年冬天来得特别早。
初雪第一天时钟冲我苦笑,
临出门前还伸了个大懒腰。
我踏上初次相识那座小桥,
唱起我们曾经牵手的歌谣,
盼望着与你拍一张雪景照,
那是我俩早先约定的暗号。

失望像北风一样没有先兆,
等待我的是一千个想不到,
面对你时过境迁无情嬗变,
怨恨你太决绝把我心伤透,
无助无奈无语和欲哭无力,
心情与生俱来是如此糟糕,
最后扯下围巾将往事上吊,
让你横生的嬗变玉殒香消。

也许

也许一生无悔,
也许半途而废,
也许长相厮守,
也许午夜流泪。
每一次见面,
你我总是激动不已,
相见时欢欢喜喜,
别离时悲悲戚戚。

你的心事有如丛林,
也分春夏秋冬四季,
春夏时节繁华茂盛,
秋冬季节落寞孤寂。
你的脾性有如天气,
喜乐哀怒那么随意,
开心时风平浪静,
烦恼时风沙卷地。

关怀备至小心翼翼,

包容理解慢火烘焙，
你有哪一点值得一提？
你有哪一条值得珍惜？
感情需要点滴积聚，
更离不开慢条斯理。
如果你再这么任性，
我想结局只有分离。

也许缘分设定了一个有效期，
也许故事只有开头没有结尾，
也许你我吵闹过后劳燕分飞，
也许爱情浪漫过后一贫如洗，
不到百年之后盖棺定论，
谁能保证彼此不离不弃？
聚散原本都是上苍给出轮回，
还是要感谢你一路风雨相陪。